오래된 책 읽기

오래된 책 읽기

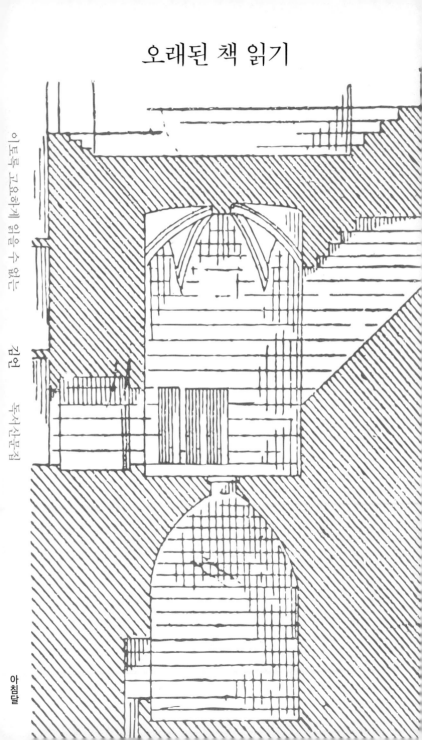

이토록 고요하게 읽을 수 없는

김언 독서산문집

아침달

목차

2부

나무의 말이라면 어느 나라 말이라도 좋다

3부

우리는 모순으로 인해 비옥해진다

4부

이 길로 가면 어디가 됩니까?

후기를 대신하며

들어가는 것이 있어야
나오는 것이 있다

    등단하고 처음으로 독서산문집이라는 책을 낸다. 그동안 많은 책을 읽어왔다고 자부할 수는 없지만, 많은 책에 둘러싸여서 많은 생각을 하기는 했던 것 같다. 그렇다고 대단한 생각을 한 것은 아닐 터, 그저 책 한 권을 읽고 생각하고 메모해뒀던 것을 정리하면서 감상문을 쓰고 서평을 쓰고 때로는 인상기 비슷한 글을 남기기도 했다.

    어떤 책은 글쓰기를 동반하면서, 그러니까 기록하고 사유하는 시간을 거치면서 기꺼이 내 문학의 자양분이 되어주는 일을 마다하지 않았다. 누군가의 문학에 자양분이 되었다는 것은 누군가의 삶에 흔적을 남겼다는 말과 같다. 책이라는 물성은 얌전히 한자리에 있는 것과 어울리지만, 누구라도 그 책에 손을 대고 눈길을 붙이는 순간부터 이상하게 적극적으로 움직이는 성격으로 변모한다. 어떤 책은 적극성이 지나쳐 누군가의 정서와 사고 방식과 글 쓰는 방식까지 영향을 미친다. 그러니 어떤 책을 읽든 나는 조금씩 변한다. 조금씩 조금씩 아주 많이 변할 때도 있다. 때로는 직전까지 지켜왔던 나의 신념을 한순간에 깨부수기도 한다.

이 책은 독서를 통해서 내가 어떤 생각의 변모를 거쳐왔는지를 보여주면서, 한편으로 이런 명제를 떠올리게 한다. 명제라고 했지만 실은 격언에 가깝다. 무엇이든 들어가는 것이 있어야 나오는 것이 있다고. 혹은 투입되는 무언가가 있어야 배출되는 무언가가 있다고. 내일 새롭게 생각할 것이 떠오르려면 오늘 무슨 책이라도 새롭게 읽는 것이 있어야 한다는 말을 저렇게 정리한 것이다.

돌이켜보면 나의 시 쓰기에서 전환점에 해당하는 시기 직전에는 전환점을 마련해준 책 몇 권이 항상 있었다. 때로는 시집이, 때로는 소설책이, 때로는 인문서나 예술서나 과학서가 시절마다 요긴하게 내 생각의 방향타 역할을 하면서 문학의 자양분이 되는 역할도 충실히 해주었다. 그 책들이 없었더라면 시도 삶도 생각도 이십여 년 전이나 크게 다를 바가 없지 않았을까 감히 짐작한다.

변해가는 생각의 동반자이자 문학의 우군으로서 함께해준 그 책들을 전부 다는 아닐지라도 일부라도 호명한다는 마음으로 산문집을 묶는다. 총 4부로 구성된 본문을 잠깐 안내하자면, 먼저 1부에 있는 글들은 한동안 일간지에 연재했던 '독서일기'에서 추려 모은 것이다. 문학, 예술, 인문학 분야의 책들을 읽고서 짧게 인상기를 남기듯이 썼던 글이 대부분이다. 독서에 쓰인 책들의 내용은 대체로 무거웠지만, 그 무게에 짓눌리지 않으면서 가볍게 얘기하려고 애를 썼던 글들이기도 하다.

2부는 한 편을 제외하고 모두 2000년대에 쓴 글로 채워졌다. 결코 가볍게 넘길 수 없는 얘기를 들으면서 나역시 가벼운 마음으로 얘기할 수 없었던 글이 다수를 이룬다. 어떤 주제는 20년 가까이 지난 지금 시점에서도 옛날얘기처럼 흘려들을 수 없는 문제로 남아 있다. 인간도 어찌할 수 없는 인간의 문제는 인간의 역사가 끝날 때까지 끝나지 않으리라는 걸 서글프지만 사실로 받아들인다.

3부에는 그동안 문학을 해오면서 자양분이 되거나 길잡이가 되어준 책을 '문학적'으로 혹은 '학문적'으로 재음미하면서 쓴 글들이 들어갔다. 그래서 조금 무거울 수도 있고 딱딱할 수도 있지만, 이 또한 나의 독서 이력에서 빼놓을 수 없는 일면을 이루기에 함께 넣었다.

4부에는 시에서 그리고 시인들에게서 얻어낸 생각거리를 담은 글이 주로 들어갔다. 본업이 시 쓰는 일이다 보니, 아무리 덜어내려고 해도 기어이 담기는 것이 시와 시인에 대한 글인 것 같다. 다만 딱딱한 평론집에 들어가기보다 편안한 산문집에 넣는 것이 더 자연스럽겠다는 판단에서 마지막 순서에 넣었다. 참고로 3부와 4부는 모두 2010년 이후에 쓴 글이라는 점도 부기해둔다.

다시 보니 오래전 독서에 소용된 책들이라서 절판이나 품절이 된 경우가 제법 보인다. 지금 내 손을 떠나는 이 책도 그와 같은 운명이 되지 말라는 법은 없지만, 그럼에도 기원하는 마음은 계속 남는다. 부디 오래 남아서 읽혔으면 하는 마음. 많은 독자에게 닿지는 못하더라도 필요한 몇몇 분들에게는 기어이 닿아서 조그만 기억이라도 남겼으면 하는 마음. 모자란 안목과 부족한 솜씨에도 마음만은 그득히 담아 한 권의 책을 내보낸다. 멀리서도 오래 잘 지내기를. 그리고 외롭지 않기를.

혼자서는 확신을 가질 수 없었던 원고에 기운을 불어넣어주신 아침달 손문경 대표와 좋은 책이 나올 수 있도록 세심히 신경을 써주신 한유미 팀장과 서윤후 대리께 감사의 마음을 전한다. 아침달과의 인연이 이 책을 가능케 했다.

2023년 12월
김언

"나는 지금 어떤 빛을 쫓고 있는가.
살아 있는 한 누구라도 쫓고 있는 빛.
신일 수도 있고 사람일 수도 있으며 때로는
헛된 꿈일 수도 있는 그 빛.

.

.

.

.

그러나 내게 전부인 그 빛."

———————————————

1부

그래서
나는 지루하지 않다

우리가 걷는 모습을
사랑스럽게 봐야 하는 이유

최초의 길은
언제나 걸어 다니는
길이었다.

『걷기의 인문학』
리베카 솔닛, 김정아 역

며칠 전 아는 사람이 스페인으로 여행을 떠났다. 한 달간의 일정으로 도보순례 길을 찾아서 떠난 것이다. 그 길의 이름은 '카미노 데 산티아고Camino de Santiago'. 우리 말로 풀이하자면 '산티아고로 가는 길'이다. 예수의 열두 제자 중 한 사람이면서 스페인의 수호성인인 야곱의 무덤이 있는 '산티아고 데 콤포스텔라Santiago de Compostela'로 이어지는 이 길은 여러 갈래가 있다. 그중에서 가장 많이 걷는 길이 '카미노 프란세스Camino Francés'인데, 프랑스-스페인 국경 지역에서 시작하여 피레네산맥을 넘어 스페인 서쪽 끝까지 장장 800km에 이르는 길이다.

어쩌면 한 달이 넘어갈지도 모르는 이 길을 그는 왜 걸으러 갔을까? 전 세계의 도보 여행객들이 즐겨 찾는 길이니 한 번쯤 호기심에 들떠서 갈 수도 있지만, 그것만으론 왠지 대답이 궁색해 보인다. 그 대답은 출발하기 전 버리고 가야 하는 짐에서 찾을 수 있을지도 모르겠다.

800km에 이르는 먼 길을 걷기 위해서는 생필품 몇 가지를 제외하고는 거의 모든 짐이 불필요하기에 과감히 버리고 가야 한다. 걸으면서도 막상 짐이 된다 싶은 것이 있으면 또 버려야 한다. 버리고 또 버리다 보면 마지막에 남는 것이 무엇일까? 바로 자기 자신이다. 세상의 모든 짐이 꾸역꾸역 흘러나오는 자기 자신 말이다. 그것마저도 버릴 때쯤이면 길은 이미 끝나 있다. 그리고 돌아온

다. 다시 자기 자신으로. 물론 이전보다는 훨씬 홀가분해진 모습일 것이다.

몇 년 전인가 하루에도 몇 시간씩 걸으며 마음을 다스렸던 시절, 나 역시도 무언가를 끝없이 버려야만 했던 그 시절을 대변하는 듯한 책이 있어 다시 펼쳐본다. 제목은 『걷기의 인문학』. 구석구석 밑줄을 그어가며 탐독했던 책에서 새삼 눈에 띄는 대목도 마음에 관한 것이다. 그러면서 걷기에 대한 이야기도 빼먹지 않고 등장한다. 가령, 마음이 일종의 풍경이라면 그 풍경을 거닐기 위해서도 실제로 걷는 일이 꼭 필요하다는 이야기. 마음을 거닐듯이 걷는 행위 자체가 한편으로 사유를 구체화하는 일이라는 것.

실제로 인류의 역사가 걷기(직립보행)에서부터 시작한다는 사실을 감안하면, 걷기의 역사는 인간의 가장 오래된 역사와 맞먹는 길을 걸어온 셈이 된다. 걷기가 생각에 앞선다고 보는 저자의 주장도 그래서 가능한 것이겠다. 걸으면서 생각하고 생각하면서 걷다 보면 어느새 그 많던 생각마저 없어지고 오로지 걷고 있는 자기 자신만 남게 되는 것도 그런 이유에서 멀지 않다. 우리는 생각하기 위해서 걷지만 결국엔 생각보다 이전에 있던 자신의 모습을 발견하기 위해서 걷는다. 그것이 인간 최초의 모습이라고 저자는 강조한다.

인간은 언제나 길 위의 존재이기에 어딜 가든 길부터 먼저 내고 길부터 먼저 찾는다. 그 길은 기차를 위한 길도 아니고 자동차를 위한 길도 아니다. 최초의 길은 언제나 걸어 다니는 길이었다. 위대한 철학자가 걸었던 사색의 길도 거기서 나왔으며 성스러운 순례의 길과 숱한 혁명의 길도 모두 거기서 나와서 어딘가를 향해 갔다. 우리가 우리의 걷는 모습을 사랑스럽게 바라봐야 하는 이유도 그 어디쯤엔가 있지 않을까.

그래도
행복한 패배자들

중요한 것은
욕망의 정도와 상관없이
우리 대부분이
패배자라는 사실이다.

『위대한 패배자』
볼프 슈나이더, 박종대 역

　　고흐처럼 막다른 골목에서 자주 불려 나오는 예술가도 드물 것이다. 그는 귀찮을 정도로 많이 불려 나온다. 거의 모델처럼 서서 절망적인 포즈를 취하는 그에게 후대 예술가들은 기꺼이 자신의 감정을 투영한다. 누구보다 불행하다고 확신하는 자신의 처지를 대변해줄 인물로 고흐만 한 모델이 없기 때문이다.

　　절망에 빠진 그들이 원하는 것은 사실 위로와 위안이다. 지금은 아무도 몰라주지만, 미래는 꼭 나를 알아줄 거라는 희망도 버리지 않는다. 어쩌면 환각이나 다름없는 이 믿음이 꼭 사실로 증명되지 않아도 좋다. 적어도 그 순간만큼은 견딜 만한 힘을 주지 않는가. 마치 모르핀을 맞은 부상병처럼 그는 한동안 또 달릴 것이다. 실패가 눈앞에 빤히 보이는데도 말이다.

　　그는 성공하기 위해서가 아니라 위로받기 위해서 사는지도 모른다. 꼭 예술이 아니어도 좋다. 사업이든 연애든 하는 일마다 실패를 밥 먹듯 하는 사람한테는 적어도 위로라는 영양제가 있다. 그는 영양제를 먹고 또 달린다. 실패를 향하여.

　　지겹게도 실패하는 사람들에게 어울릴 만한 책을 얼마 전에 읽었다. 『위대한 패배자』는 역사적으로 패배자였지만, 위대했던(최소한 대단했던) 인물들의 이야기다. 몇몇을 제외하고는, 패배자였기에 위인전에도 끼기 힘든 사람들의 이야기 혹은 패자열전.

　　책에 따르면 패배자의 유형도 여러 갈래로 나뉜다. 고흐처럼 살아서는 결코 인정받을 수 없었던 패배자가 있는가 하면, 체 게베라처럼 죽음과 동시에 신화로 남는 패배자도 있으며, 메리 스튜어트나 루이 16세처럼 최고의 권좌에서 비참한 말로를 맞아야 했던 패배자도 있다. 선거에 이기고도 대통령이 되지 못했던 앨 고어가 승리를 사기당한 패배자의 전형이라면, 평생을 동생 토마스 만의 명성에 가려서 살아야 했던 하인리히 만, 동지였던 스탈린에게 하루아침에 숙청을 당했던 트로츠키는 가까운 사람들에게 내몰린 패배자로서 빼놓을 수 없는 인물들이다.

　　반면에 숱한 좌절에도 불구하고 오뚝이처럼 일어나 결국엔 승리를 쟁취한 윈스턴 처칠과 덩샤오핑 같은 불굴의 패배자들도 있다. 그러나 이런 경우는 예외에 가깝다. 한 번 패배자로 내몰린 사람들은 좀처럼 회복하기 힘든 수렁 속에서 인생을 마감해야 한다. 비극에 가까운 그들의 인생이 과연 불행한 자신의 운명 탓이기만 할까? 꼭 그렇지만은 않다는 것을 그 반대편에 섰던 승리자의 얼굴에서 어렴풋이 짐작할 수 있다.

　　옮긴이도 언급했듯이, 인간적으로 봤을 때 패배자에 비해서 조금 더 야비하고 비정한 사람들이 승자가 된 경우가 많기 때문이다. 적어도 그들은 집요하리만치 성공에 대한 욕구가 끈질긴 사람들이었다. 패배자들이 대부분 어수룩하거나 세상 물정에 무관심했던 것과는 달리.

　중요한 것은 그런 욕망의 정도와 상관없이 우리 대부분이 패배자라는 사실이다. 누군들 인생에서 실패하고 패배하고 싶어 하겠는가. 다만 승리자의 수가 극히 제한되어 있으니 대다수가 좌절을 일상처럼 안고 살아갈 수밖에. 책에 나온 인물들은 그나마 이름이라도 남겨놓았으니 행복한 패배자들이다.

돼지고기만 먹으면
우는 인간

그들에게 돼지고기는
슬픈 주유소처럼
빛나는 기름덩이다.

『캐비닛』
김언수

　　돼지고기만 먹으면 우는 인간들이 있다. 쇠고기도 아니고 닭고기도 아니며, 물론 술도 아니다. 그들은 돼지고기만 먹으면 운다. 인구 오백만 명당 한 명꼴로 나타나는 이런 체질의 인간들은 생면부지의 돼지고기 앞에서 한없이 나약하고 슬픈 존재가 되고 만다. 그래서 그들은 부모가 돌아가셨을 때도 돼지고기부터 찾는다. 조금이라도 진한 눈물을 쏟기 위해 그들은 돼지고기를 꾸역꾸역 삼키고 곡을 한다. 부모님 마지막 가시는 길에 눈물이 모자라서야 되겠는가.

　　그들은 곡을 하다가도 눈물이 부족해지면 슬그머니 문상객들 사이로 들어가서 편육을 집어먹는다. 돼지고기는 맛있는 음식이 아니다. 그들에게 돼지고기는 슬픈 주유소처럼 빛나는 기름덩이다. 기름을 채워야 한없이 먼 길을 떠날 수 있는 자동차와 같은 심정으로 그들은 돼지고기를 먹고 또 운다. 말하자면 이별의 모든 순간에 따라붙는 음식이 그들에게는 돼지고기인 셈이다.

　　돼지고기가 있어야 정말로 이별을 실감할 수 있는 인간들. 그들이 읽어두면 유용할 만한 책이 있다. 그들은 위로받기 위해 이 책을 구입할지도 모른다. 평소에 이상한 인간이라고 손가락질을 받은 적이 있다면 당신도 한 번쯤 고려해보라. 제목은 『캐비닛』이다. 뭔가 근사한 이미지와는 거리가 멀어 보이는 제목 아닌가. 그렇다. 볼

품없고 낡은 저 80, 90년대 동사무소나 구청에서 흔히 볼 수 있던 캐비닛이라면 더더욱 그렇다.

이야기는 그러나 이 캐비닛을 중심으로 굴러다닌다. 그것도 아주 이상한 방향으로, 아주 이상한 인간들을 중심으로 하나씩 둘씩 파일을 열고 사실보다 더 사실 같은 '구라'를 퍼뜨린다. 가령, 이런 인간들이 등장하는 것이다.

멀쩡한 손가락 끝에서 은행나무가 자라는 인간, 조그맣던 은행나무가 자라고 자라서 나중에는 몸 전체가 은행나무 둥치로 변하는 인간, 또는 입 안에 혀 대신 도마뱀이 자라서 말을 하는 인간, 마치 동면하듯이 몇 달이고 몇 년이고 쉬지 않고 잠만 자는 인간, 또는 눈 깜짝할 사이에 몇 년의 시간을 소비해버리는 인간, 아무튼 정상과는 담을 쌓고 지내는 인간, 그런 인간들 말이다.

진화론의 관점에서 보면 돌연변이나 다름없는 이들을 작가는, 아니 이 구라쟁이는 '심토머symptomer'라는 점잖은 전문용어를 써서 표현한다. "변화된 종의 징후를 가진 사람들"로 번역되는 심토머는 "현재의 인간과 새로 태어날 미래의 인간 사이, 즉 종種의 중간지에 있는 사람들"이다. 너무 심각한 표현이라 실제로 영어사전을 찾아보면 이렇게 나와 있다. 여기서는 찾을 수 없는 단어라고. 사전에 없으니 심토머 또한 작가가 창조하고 변형하고 오염시켜서 만든 단어가 분명하지만, 한낱 '구라'에 불과한 단어와 이 단어로 집약되는 돌연변이 인간들을 통해서 작가는 이상한 마법을 걸어놓는다.

　이 이상한 돌연변이들을 보면서 왜 자꾸 내 얼굴이 떠오르는 걸까? 늘 나만큼은 '정상'이라고 굳게 믿고 있는 그 얼굴이 왜 착각처럼 보이는 걸까? 내 이름과 비슷한 작가의 책을 덮고 보니 나 역시 마법에 오염된 것처럼 자꾸 구라를 치고 싶다.

　정말로 돼지고기만 먹으면 우는 인간들이 있을까?

고양이는 그렇게 말하고
또 달아나버렸다

끝내는
덧없이 달아나는 것.
그것이 인생 아니냐!

『캣츠』
T. S. 엘리엇, 김승희 역

고양이를 말하자면 지나치게 무거워서는 안 된다. 말하고자 하는 내용도 그렇고 말하는 자세도 그렇다. 지나치게 무거운 얘기는 다른 동물을 얘기할 때나 동원하자. 고양이는 과묵한 동물이 아니므로. 혹 과묵한 고양이가 동원되더라도 표정은 밝게 분위기는 가볍게 배경을 깔아주어야 한다. 고양이는, 다시 말하지만, 무거운 동물이 아니다.

나의 편견이 만들어놓은 이런 이미지는 사실 영화나 드라마나 대중가요에서 몇 번씩 답습된 이미지이기도 하다. 그러니 지나치게 책망하는 자세로 고양이를 거론하지 말자. 나는 고양이가 나왔던 몇몇 목록을 가볍게 나열할 뿐이다. 배두나의 엉뚱한 표정이 기억에 남는 영화 〈고양이를 부탁해〉, 거미로 그물 쳐서 물고기 잡으러 떠난다고 목청을 높이던 체리필터의 〈낭만 고양이〉, 그리고 한창나이에 세상을 뜬 배우 정다빈의 웃음이 먼저 떠오르는 〈옥탑방 고양이〉까지. 더듬어 보니 2001년 가을부터 2003년 여름까지 내가 만난 특별했던 고양이 이름들이다.

무겁거나 진지한 것이 몸서리치게 지겨울 때 나는 책 한 권을 더 떠올린다. 2003년 1월에 번역되어 나온 T. S. 엘리엇의 우화시집 『캣츠』(원제는 '노련한 고양이에 관한 늙은 주머니쥐의 책'이다)가 그것인데, 너무도 유명한 뮤지컬 〈캣츠〉의 원작이기도 한 이 시집에 등장하는 고양이들 역시 전혀 부담 없이 만날 수 있는 고양이들이다. 길고양이에서부터 건달 고양이, 상류층 고양이, 반항아 고양이, 극장 고양이, 마법사 고양이, 그리고 철도원 고양이에 이르기까지 개성으로 똘똘 뭉친 여러 고양이가 등장하지만, 그것을 들려주는 얘기꾼의 목소리는 더없이 가볍고 경쾌하다.

마치 드럼을 두드리듯이 신나게 옮겨가는 장면 중에서 한 대목을 옮겨보자.

> 매캐비티, 매캐비티, 매캐비티 같은 자는 아무도
> 없네 / 그렇게 사기꾼 기질과 품위를 두루 갖춘
> 고양이는 없다네 / 그는 언제나 알리바이가
> 있네, 여유분으로 한두 개가 더 있네 / 사건이
> 벌어지면 어김없이 매캐비티는 이미 사라지고
> 없다네!

p. — 58

악당 중의 악당 고양이 '매캐비티'를 묘사한 장면이다. 악당조차 유머에 실어서 얘기하는 여유, 리듬을 타면서 들려주는 이 목소리의 주인공이 더없이 어둡고 더없이 무거웠던 시 「황무지」의 저자와 동일인이라는 사실이 믿기지 않을 정도이다.

현대의 정신적인 황폐함을 노래한 시「황무지」의 반대편에서 스스럼없이 가벼워지는 시집『캣츠』는 그래서 가벼움에 대해서 한 번 더 생각해볼 여지를 남긴다. 고양이에 대해서, 아니 고양이로 대변되는 여러 인간 군상에 대해서, 그리고 그 인간들이 만들어가는 이 '웃기는' 세상에 대해서 내가 쏟아놓는 고민은 여전히 무겁고 재미가 없다.

　『캣츠』는 말한다. 진지하고 따분한 얘기는 다른 동물을 만났을 때나 들려주라고. 우리는 다분히 고양이처럼 말하고 고양이처럼 인상 쓰고 도망갈 준비가 되어 있다고. 가볍게 말해도 좋고 무겁게 말해도 좋다. 끝내는 덧없이 달아나는 것. 그것이 인생 아니냐! 고양이는 그렇게 말하고 또 달아나버렸다. 묘한 웃음만 남겨놓고.

한 마리
성깔 있는 개

세계의 치부를
드러내기 전에
그는 그 자신을 먼저
발가벗긴다.

『하늘과 땅』
산도르 마라이, 김인순 역

통쾌하다. 모처럼 속 시원하게 책을 읽었다. 물론 다 읽은 것은 아니다. 그럼에도 드문드문 할 말이 떠오른다. 참지 말고 쓰자. 이 작가처럼.

산도르 마라이. 1900년 헝가리 태생의 이 작가는 그의 모국이 주는 이미지만큼이나 독특한 이력을 자랑한다. 헝가리가 어떤 나라인가. 대한민국과 비슷한 면적이지만 인구는 우리나라의 4분의 1도 안 되는 작은 나라. 언어와 기질이 남달라서 유럽에서도 별종으로 불리는 나라. 유달리 뛰어난 두뇌가 많이 나와서 그동안 노벨상 수상자만 14명을 배출한 나라. 그래서 혹자는 말한다. 마자르족(헝가리 민족)은 아마도 화성에서 온 외계인이 아닐까 하고.

물론 외계인은 아니다. 『하늘과 땅』이라는 산문집을 낸 작가 산도르 마라이도 엉뚱하지만, 외계인은 아니다. 다만 헝가리안 집시처럼 평생의 대부분을 방랑하며 지냈다. 1989년 아흔 살의 나이로 자살할 때까지(그 나이에 자살한 예도 흔치 않을 것이다) 그는 파리와 베를린, 뉴욕과 샌디에이고, 그 밖에도 스위스와 이탈리아의 여러 도시를 전전하였다. 젊었을 때는 여러 문화를 접하기 위해서, 장년 이후로는 정치적인 망명을 이유로 늘 고국을 떠나 있었지만, 그는 언제나 헝가리어에 깊은 애착을 가졌다. 소수 민족의 언어에서 가능한 최대의 것을 얻어내는 데 자신의 사명이 있다고 보았기 때문이다.

그의 고집스러운 성격이 만들어낸 문체는 아픈 곳
과 구린 곳을 가리지 않고 콕콕 찌른다. 슬픔과 상처와 분
노가 범벅된 그의 글은 함부로 고상해지기 전에 낯 뜨거
운 세계를 먼저 까발린다. 세계의 치부를 드러내기 전에
그는 그 자신을 먼저 발가벗긴다. 가령, 이런 식이다.

> 나는 하늘과 땅 사이에 산다. 불멸의 신적인 것을
> 가슴에 품고 있지만, 방 안에 혼자 있으면 코를
> 후빈다. 내 영혼 안에는 인도의 온갖 지혜가
> 자리하고 있지만, 한번은 카페에서
> 술 취한 돈 많은 사업가와 주먹질하며 싸웠다.
> 나는 몇 시간씩 물을 응시하고 하늘을 나는
> 새들을 뒤좇을 수 있지만, 어느 주간 신문에
> 내 책에 대한 파렴치한 논평이 실렸을 때는
> 자살을 생각했다. 세상만사를 이해하고 슬기롭게
> 마음의 평정을 유지할 때는 공자의 형제지만,
> 신문에 오른 참석 인사의 명단에 내 이름이 빠져
> 있으면 울분을 참지 못한다.

p. — 09

그의 얘기는 곧 나의 얘기이면서 뭇 인간들의 얘

기다. 고매하면서도 한없이 속된 세계는 하늘과 땅 사이에도 있고 우리의 내면에도 거부할 수 없이 자리 잡고 있는 것이다. 그는 다만 그 얘기를 했을 뿐이지만, 왜 이렇게 통쾌한가. 그가 쓴 소설 제목처럼 한 마리 '성깔 있는 개'가 대신 짖어줘서일까? 아니면 "이성의 보다 고귀한 힘을 믿으면서도 공허한 잡담을 늘어놓는 아둔한 모임에 휩쓸려 인생의 저녁 시간의 대부분을 보냈다"고 고백하는 그에게서 어떤 동병상련이나 안도감을 느껴서일까?

　　　한 가지 분명한 것은 그가 끝까지 유머를 잃지 않는 작가였다는 사실이다. 60년 넘게 같이 산 부인이 죽고 하나뿐인 자식마저 먼저 죽고 완전히 혼자가 되었을 때도 그는 이렇게 말했다. "그래서 나는 지루하지 않다"고.

눈물 실은
은하철도

똑같은 기차를 대하면서도
일본과 한국은
왜 이렇게 다른 감정이
앞서는 것일까?

『매혹의 질주, 근대의 횡단』
박천홍

책을 덮고 문득 어렸을 적 즐겨 보았던 만화영화 한 편을 떠올렸다. 추억이 있는 사람이라면 아마도 다들 기억할 것이다. 검은 연기를 내뿜으며 광활한 우주 공간을 내달리던 그 멋진 기관차 말이다. 이름하여 〈은하철도 999〉. 그러고 보니 철이도 생각나고 눈부시게 아름다웠던 메텔도 떠오르고 땅딸보 차장 아저씨의 모습도 눈앞에서 어른거린다. 너무 오래전 일이라 감정이 메말랐다면 주제가가 나서서 더듬는 기억을 도와줄 것이다. 한번 들어보시라.

"기차가 어둠을 헤치고 은하수를 건너면 우주정거장엔 햇빛이 쏟아지네" 시간을 새삼 몇십 년 전으로 되돌려놓는 이 노래 앞에 은하철도 999의 또 다른 주제가가 있었다는 사실을 얼마 전 우연히 알게 되었다. 노래 제목은 〈눈물 실은 은하철도〉. 제목에서 짐작이 가듯 곡의 분위기가 너무 슬프고 무거워서 아동용 프로그램에는 적합하지 않다는 이유로 초반 몇 회에만 주제가로 쓰였다. 실제로 노래를 들어보니 "외로운 기적소리에 눈물마저 메마르고"가 첫 구절로 등장한다. 그에 비하면 일본 원곡을 번안해서 내놓은 후속 주제가는 원곡의 느낌을 살려 슬픔보다는 용기를 북돋우는 내용이 앞선다.

"꿈이 산재한 무한한 우주"(원곡에 나오는 가사)를 달리는 기차와 외로운 기적소리에 눈물마저 메마른 기

차. 똑같은 만화를 두고서도, 아니 똑같은 기차를 대하면서도 일본과 한국은 왜 이렇게 다른 감정이 앞서는 것일까? 철 지난 만화영화에 대한 사소한 의문은 좀 전에 덮었던 책 한 권에 기대어 풀어볼 수도 있겠다. '철도로 돌아본 근대의 풍경'이라는 부제가 붙은 그 책은 『매혹의 질주, 근대의 횡단』이다. 평소 접하기 힘들었던 우리나라 근대 철도에 얽힌 이야기를 한데 모아서 풀어놓고 있다는 점에서는 매혹적이지만, 그 내용은 결코 유쾌하지 않다. 저자도 밝혀놓았듯이 우리나라 근대 철도의 레일 위에는 기쁨보다는 슬픔이, 웃음보다는 눈물과 핏자국이 먼저 서려 있기 때문이다.

1899년 우리나라 최초의 철도인 경인선이 개통될 때부터 철도를 놓는 주체는 우리가 아니라 일본이었다. 남의 나라 자본과 기술과 무력이 들어와서 철도를 놓는다는 것, 그것은 근대의 시작이면서 동시에 식민의 시작임을 알리는 신호탄이었다. 최초의 철도가 놓이고 십 년도 못 가서 그 결과는 눈에 띄게 확연해진다. 근대문명의 총아라고 일컬어지는 기차는 전국을 누비면서 곳곳의 풍경과 풍습을 일본의 의도대로 바꾸어놓았다. 철도를 통해서 물자와 식량이 빠져나가고 철도를 통해서 군대와 제국의 폭력이 쏟아져 들어왔다. 철도를 통해서 근대와 식민을 함께 경험한 우리의 역사는 백 년이 지난 지금까지도 그 빛이 무의식중에 고스란히 남아서 망령처럼 떠돈다(일일이 그 예를 드는 것조차 피곤할 정도다).

"비애와 환멸의 다른 이름"이었던 근대 철도의 역사를 지금에 와서 다시 조명하고 구석구석 훑어보려는 의도는 다른 데 있지 않을 것이다. 실패한 대국對局일수록 복기復棋가 꼭 필요하다는 심정으로 우리는 우리의 못난 과거를 다시 들여다봐야 한다. 저자의 말처럼 "스스로 문을 열어 세계사를 학습할 기회를 놓쳐버린 노쇠한 왕국"의 전철을 되밟지 않기 위해서라도 말이다.

왜 하늘은
파란색일까?

어떤 것을 만지면,
반드시 그것도
여러분을 만지게 된다.

『구름을 만들어보세요』
K. C. 콜, 이충호 역

　　대학을 졸업하면서 '물리'하고는 이제, 끝이라고 생각했다. 공대를 다니던 4년 내내 지겹게도 나를 괴롭혔던 과목이 물리학이었기 때문이다. 물리학Ⅰ은 재수강과 삼수강을 거쳐 사수강 끝에 겨우 F를 메웠고, 물리학Ⅱ 역시 재수강 끝에 낙제를 면할 수 있었다. 1학년 때 다 끝내야 될 과목을 졸업을 목전에 두고서야 메울 수 있었으니 4년간의 그 지긋지긋한 심정을 어디에다 토로하겠는가. 물리에 소질이 없는 내 머리를 탓할 수밖에.

　　생각해보니 고등학교 때부터 나는 물리라는 과목이 싫었던 것 같다. 그래서 선택과목도 물리 대신 화학이었고, 그때부터 물리는 가까이할 수 없는, 가까이하고 싶어도 너무 멀어 보이는 암흑과도 같은 존재였다. 그리고 나는 둔재였다, 적어도 물리라는 세계에서는.

　　그런 내가 요즘 다시 과학책을 꺼내 들고 있다. 공대를 졸업하면서 영영 끝이라고 생각했던 물리학 관련 책을 다시 찾아서 읽고 있는 내 모습을 어떻게 설명해야 할까. 여러 이유가 있겠지만, 한 가지만은 분명한 것 같다. 과학도 사람이 생각하는 한 방식에서 뻗어 나온 학문이라는 사실이다. 물리도 예외는 아니며, 뿌리를 파헤쳐 들어가면 언뜻 동떨어져 보이는 철학이나 예술과도 한 맥으로 이어진다는 사실을 종종 확인할 수 있다.

　　과학이든 철학이든 예술이든 모두 세계에 대해서

질문하는 걸 좋아한다. 세계라는 말이 부담스러운가. 그럼 생활이라는 말로 바꾸어 보자. 혹은 삶이라고 해도 좋다. '삶의 방식으로서의 물리학에 대한 또 다른 생각'이라는 부제가 붙어 있는 K. C. 콜의 과학교양서 『구름을 만들어보세요』 역시 이런 질문들로 시작한다. 가령, 창문 밖을 내다보면서 "왜 나뭇가지들은 저런 방식으로 뻗어나갈까", "왜 하늘은 파란색일까" 궁금해하는 것. 이런 질문들도 엄연히 과학이라고 저자는 강조한다.

왜 사물은 지금 저 형태로 존재하는가? 왜 사물은 저렇게 행동하는가? 이렇게 질문하는 것이 어디 물리학자들뿐이겠는가. 철학자들의 관심도 여기서 멀지 않고 시인들의 예민한 감수성도 따지고 보면 한 뿌리에서 뻗어 나온 역사를 가진다. 그래서 책에 인용된 "아인슈타인은 아주 단순한 질문을 던질 줄 아는 재능이 있었다"(제이콥 브로노프스키)라는 말도 단순히 과학자를 위한 충고로만 들리지 않는다. 그것은 철학자의 덕목이면서 모든 예술가가 갖추어야 할 기본 자질이다.

너무나 당연해 보여서 우리가 무심코 지나치는 장면 하나하나에 물음표를 다는 사람, 삶의 구석구석에서 신비를 발견해내는 사람, 먼지 속에서도 우주의 원리를 알아내려고 노력하는 사람, 그들을 하나로 묶는 직업이 어디 하나뿐이겠는가. 그들은 종종 과학자이면서 시인이기를 자처한다.

　　과학저술가가 쓴 이 책에도 웬만한 시를 능가하는 구절이 곳곳에서 눈에 띈다. "어떤 것을 만지면, 반드시 그것도 여러분을 만지게 된다." 작용과 반작용을 얘기하면서 튀어나온 이 구절이 꼭 시가 아니어야 할 이유를 나는 아직 모르겠다. 오히려 이런 반문이 가능하다. 과학이 이렇게 시를 만질 수 있다면, 시 역시 과학을 못 만질 이유가 없지 않은가.

나는 느낀다,
고로 존재한다

감각은 언제나
생각에 앞서서
우리의 생활을 지배한다.

『감각의 박물학』
다이앤 애커먼, 백영미 역

우리 속담에 지렁이도 밟으면 꿈틀한다는 말이 있다. 한갓 미물도 저 나름의 반응과 저항과 몸부림이 있다는 뜻일 텐데, 그러기 위해선 우선 자극이 있어야 한다. 달리 말해볼까. 한갓 미물인 지렁이도 밟아야(자극이 있어야) 꿈틀한다. 사람도 건드려야 폭발하듯이.

꿈틀하든 폭발하든 모종의 반응 앞에는 언제나 그에 상응하는 자극이 있다. 그리고 한 가지가 더 있다. 자극과 반응 사이에 친숙한 단어 하나가 더 들어가는 것이다. 바로 '감각'이다. 감각이 없으면 밟힌다는 느낌도, 누군가가 나를 자꾸 건드린다는 기분 나쁜 감정도 생길 여지가 없다. 물론 기분 좋은 감정이 들어찰 공간도 없어진다. 아무런 감각도 느낄 수 없는 그 공간에 어울리는 단어는 진공이 아니면 죽음이다.

당연한 말이지만, 인간에게 감각이 없으면 의식도 없다. 느낌이 없으면 생각도 없는 셈이다. 우리는 생각하는 존재이기 이전에 느끼는 존재이며, 감각은 언제나 생각에 앞서서 우리의 생활을 지배한다(심지어 생존까지도). 그렇다면 데카르트의 명제는 진작에 바뀌었을 수도 있다. '나는 느낀다, 고로 존재한다'라고.

태어나면서부터 물려받은 이 소중한 감각에 대해 시인이자 에세이스트인 다이앤 애커먼은 『감각의 박물학』이라는 책에서 이렇게 추켜세운다. "감각이라는 레

이더망을 통하지 않고 세상을 이해할 수 있는 길은 없다."
마찬가지로 인간의 그 고매한 의식 세계도 감각을 통하
지 않고서는 접근할 길이 없다.

　저자도 밝혀놓았듯이 우리는 뇌로만 사고하지 않
는다. 의식과 감각을 떼어놓고 생각하기 힘든 우리는 사
실상 온몸으로 느끼고 온몸으로 사고한다. 감각기관이
몸 구석구석에 흩어져 있듯이 우리의 감정도 몸 전체를
따라 여행한다. 당연히 생각이나 감정 이전에 감각의 기
원이 흥미로울 것이며 그것의 진화 과정에 대해 책 한 권
을 할애해도 아깝지 않을 것이다.

　진화를 거듭하면서도 인류가 버리지 못한 감각들,
인류가 다른 종에 비해 더 발달시킨 감각들, 이런 것들에
대한 탐구가 모여서 하나의 박물관이 된 책이 바로 『감
각의 박물학』이다. 침묵의 감각인 후각에서부터 생물 최
초의 감각인 촉각, 가장 인간다운 감각인 시각, 우주의 맥
박을 간직한 청각, 그리고 사회적 감각인 미각에 이르기
까지 오감을 관통하는 저자의 집요한 탐구는 마지막으로
예술가의 감각으로 손꼽히는 공감각을 소개하면서 긴 여
정을 마친다.

　감각이 닿는 곳이면 어디든지 헤집고 다니는 그
여행의 끝에서 저자가 들려주는 얘기는 한 걸음을 더 나
아간다. "감각은 우리를 여태까지 살아온 모든 이들과 연

결시켜주는 유전의 사슬의 연장이다. (…) 감각은 인간과 비인간을, 한 영혼과 그의 많은 친척들을, 개인과 우주를, 지구상의 모든 생명을 다 이어준다."

우리의 과거와 현재, 우리의 내면과 바깥을 쉼 없이 이어주는 감각은 달리 말하면 지구의 감각이기도 하다. 우리가 잠잘 때 내뿜는 뇌파와 대지가 진동하는 파동은 이상하게 일치한다. "꿈을 꿀 때, 우리는 지구의 꿈이 된다"라는 저자의 멋진 표현도 인간과 지구 사이에 이런 신비한 감각의 공유가 있었기 때문에 가능하지 않았을까.

문학이 이렇게
이해되어도 좋은가

시인은 이름에 민감하고
갱은 얼굴에
목숨을 걸 뿐이다.

『사요나라, 갱들이여』
다카하시 겐이치로, 이승진 역

시인과 갱에 대해서 생각해본다. 시인과 갱이라? 전혀 어울리지 않는 이 친구들이 함께 산다면 어떤 일이 벌어질까? 더구나 서로가 이성이라면? 가령 여자는 갱이고 남자가 시인이라면? 이 기묘하고 불안한 동거는 서로가 서로에게 이름을 붙여주면서 가까스로 봉합된다. 둘의 차이가 봉합되고 둘의 육체가 봉합되고 둘의 상상이 봉합되면서 한 편의 소설은 이야기를 시작한다.

시인인 남자의 이름은 '사요나라, 갱들이여'. 여자가 갱 생활을 청산하면서 남자에게 지어준 이름이며 이 소설의 제목이기도 하다. 그럼 여자의 이름은? 언젠가 남자가 시집을 내면 꼭 붙이고 싶었던 제목이 여자의 이름이 된다. 이름하여 '나카지마 미유키 송 북'.

그들에게 이름 짓기는 일종의 프러포즈다. 상대에게 "제 이름을 지어주세요."라고 말하는 것, 그것이 "우리의 구애법"이라고 소설은 말한다. 이거, 어디선가 많이 들어본 대목 같은데, 맞다. 김춘수의 「꽃」이라는 시에도 이와 유사한 방식의 관계 맺기가 나오지 않는가. 누가 내 이름을 불러주어야(지어주어야) 비로소 우리는 서로에게 의미 있는 관계가 된다.

그러고 보면 시인들이란 참으로 이름에 집착하는 친구들이다. 그 종족 중 한 명이 어느 날, 전직이 갱이었던 여자를 만나서 그녀의 새침한 고양이 '헨리 4세'와 더

불어 과거와 현재를 얘기한다. 앞으로 다가올 미래는 차차 얘기하자. 시인들에게도 갱들에게도 미래는 충분히 암담하니까.

차이가 있다면 시인은 이름에 민감하고 갱은 얼굴에 목숨을 걸 뿐이다. 갱은 아무리 총을 맞아도 죽지 않는다. 심장과 복부에 수십 발의 총격을 받고도 버젓이 살아남는 불사신이 유독 얼굴에는 치명적인 약점을 가지고 있다. 이 수수께끼는 영화에서 힌트를 찾는 게 빠를 것 같다. 곰곰이 따져보라. 갱이 주인공으로 나오는 영화치고 갱의 얼굴을 함부로 훼손한 영화가 있었던가를. 피투성이 얼굴 속에서도 이상하게 광채가 나는 분장을 해야지만 주인공은 살아남는다. 죽더라도 영원히 관객의 뇌리에 살아남는다.

얼굴만 무사하면 불사의 존재가 되는 건 이 소설에 나오는 갱들도 마찬가지다. 얼굴이 죽지(짓이겨지지) 않는 한 그들은 죽지 않는다. 이름이 사라지지 않는 한 사물이 죽지 않는 것처럼. 거의 주문처럼 들리는 이런 믿음을 열심히 떠들어대는 존재가 시인이라면, 그에 못지않게 열심히 총질하는 친구들이 갱이 아닐까. 얼굴이 사라질 때까지, 이름이 부질없어질 때까지 이 소설의 등장인물들 역시 열심히 지껄이다 간다.

일본 팝 문학 중 최고 작품이라는 찬사에 걸맞게

모처럼 놀라운 속도로 읽었던 이 소설에서 의미심장한 교훈 같은 걸 기대하지는 않는다(누군가를 가르치려는 태도는 나 역시도 몹시 싫어하는 문학의 덕목이다). 다만 이 소설의 저자가 쓴 문학평론집 제목들처럼 '문학이 이렇게 이해되어도 좋은가', '문학이 아닐지도 모르는 증후군'에 대해선 꽤 많은 생각이 든다. 정말로 문학은 문학이 아닌 곳으로 가는 것인가. 공구처럼 '닦고 조이고 기름 치는' 문학에서, 일회용품처럼 '쓰고 읽고 버리는' 문학으로….

전원은 좋고
도시는 나쁘다?

사람처럼 도시도
태어나고 성장하고 병들고
사멸하는 역사를 밟는다.

『도시, 인류 최후의 고향』
존 리더, 김명남 역

인디언의 어느 부족은 사람들이 많이 모여 있는 것 자체가 죄악이라고 보았다. 인디언들이 일찍이 도시를 이루지 않고 국가를 만들지 않았던 이유를 어렴풋이 짐작할 수 있는 대목이다. 그들이 우려했던 대로 우리가 살아가는 도시는 온갖 범죄로 흘러넘친다. 인간이 상상할 수 있는 거의 모든 범죄가 구석구석 진열된 곳, 잊을만하면 새로운 사건들이 새로운 죄를 들고 와서 전시하는 곳, 도시에서 만나는 이 모든 사건 현장은 우리 문 앞에도 있고 우리 등 뒤에도 있으며 심지어 우리 내면에도 한 마리 짐승처럼 웅크리고 앉아 있다. 온순한 그 동물이 언제 날카로운 이빨과 발톱을 드러낼지는 아무도 모른다.

자신의 내면조차 온전히 책임질 수 없는 사람들이 모여서 만든 곳, 도시는 그래서 범죄의 온상이기 이전에 그 범죄로부터 도피하기 위해 더 많은 약속과 법률을 뿌려놓은 곳이기도 하다. 도시는 일견 안전해 보인다. 그리고 편안해 보인다. 무사한 개인이 무사한 하루하루를 의심하지 않고 살아도 될 만큼 든든하고 튼튼해 보인다. 한 치의 오차도 없이 끼워 맞춘 퍼즐 조각들. 누군가가 혹은 무언가가 이 퍼즐 조각에서 빠진다면 다른 무언가가 즉각 빈자리를 채워준다. 사람이든 물건이든 빈틈없이 돌아가도록 짜 맞추어졌으니 우리가 도시에 대해서 따로 고민하는 시간은 의외로 적다. 굳이 고민하지 않아도 잘 굴러가는(것처럼 보이는) 게 이 도시이므로.

　　모두가 도시 생활에 일조하면서도 정작 도시에 대해서는 무관심한 이들을 겨냥한 듯한 책이 있다. 2006년에 번역되어 나온 『도시, 인류 최후의 고향』은 옮긴이의 말대로 "쓰레기 수거 시스템이 마비되지 않는 한 도시에서 산다는 것의 의미를 생각하지 않는 우리 도시인들에게 도시를 낯설게 보게 하는 안경을 끼워주는 책"이다.

　　책을 펼치면 안경은 곧장 망원경으로 변신한다. 먼 시공간을 뛰어넘어 역사의 한 페이지를 장식했던 세계 곳곳의 도시를 조명한다. 수메르에서 솟아난 인류 최초의 도시에서부터 뉴욕이나 런던, 도쿄 같은 현대의 거대 도시들에 이르기까지 6천여 년의 시공간을 가로지르는 저자의 시선은 한편으로 현미경이 되어 각 도시의 생활상을 구석구석 파헤친다. 도시가 생기면 필연적으로 따라붙는 문제들, 가령 식량과 물 공급, 질병 대책, 쓰레기 처리, 에너지 조달, 주택 공급, 교통 문제 등을 해결하기 위해 각각의 도시들이 어떤 지혜를 보여주었는지 살펴본다.

　　사람처럼 도시도 태어나고 성장하고 병들고 사멸하는 역사를 밟는다. 그래서 도시의 기원과 내력을 파헤쳐보는 것은 도시와 더불어 살아온 인류의 역사를 되짚어보는 것과 같다. 책에서 '전원은 좋고 도시는 나쁘다'라는 식의 막연한 편견을 버리고 좀 더 열린 눈으로 도시를 보라고 권하는 것도 인류가 거둔 모든 성취와 실패가 도시에 녹아 있기 때문이다.

현재 인류의 절반가량이 살고 있고, 우리나라 인구의 80%가 살고 있는 도시. 2030년이면 인류의 3분의 2가 거주하게 될 도시. 이 도시를 인류 최후의 고향이라고 역설하는 책을 나는 여전히 애증이 섞인 눈으로 바라볼 것 같다.

시라는 것은
사실상 존재하지 않는다

예술의 국경선이 변하면
예술의 수도에 해당하는
본질도 같이 변해간다.

『서양미술사』
E. H. 곰브리치, 백승길·이종숭 역

　　누가 만일 시에 관한 입문서를 추천해달라고 한다면 나는 이 책을 추천할 것이다. 제목에서 짐작이 가듯 이 책은 시에 관한 책이 아니다. 미술에 관한 책이며 미술의 역사를 다룬 책에서 나는 엉뚱하게도 시에 관한 얘기를 들었다. 저자는 시에 대해서 말하고 있지 않지만, 시에 빗대어서 엿들을 수 있는 대목은 책의 곳곳에서 나온다.

　　가령, 미술이라는 것은 사실상 존재하지 않으며 다만 미술가들이 있을 뿐이라고 역설하는 대목. 여기서 '미술' 대신 다른 장르의 예술이, '미술가' 대신 다른 장르의 예술가가 들어가지 못할 이유가 있을까? '시'와 '시인'이라고 해서 굳이 예외가 되어야 할 이유가 있을까? 700여 페이지에 달하는 두꺼운 책을 읽은 보람이 헛되지 않게 나는 또 이렇게 문장을 옮기고 싶다. '시라는 것은 사실상 존재하지 않는다. 다만 시인들이 있을 뿐이다.'

　　이런 발언이 아무렇게나 갈겨쓴 것이 모두 시라는 따위의 주장을 변호하기 위해서 튀어나온 것은 물론 아니다. 내가 겨냥하는 것은 문학이나 시에, 혹은 미술이나 예술에 무슨 변하지 않는 본질이 있는 것처럼 떠받드는 사람들의 고리타분한 태도에 있다. 본질과 전통과 불변하는 서정성. 시를 쓰면서 신물이 날 정도로 들어온 이런 용어들이 과연 앞으로 문학을 업으로 삼는 세대에게 얼마나 자극을 줄 수 있을까. 실제로 시를 쓰는 입장에선 아무짝에도 쓸모없는 용어들이 여전히 기세를 떨치고 있는 것이 한국의 시단이고 평단이지만, 그들이 그들끼리 낡은 깃발을 미련스럽게 붙들고 있는 동안에도 한국시의 국경선은 끊임없이 변한다. 변해가고 있다.

한 나라의 수도首都는 국경이 변하면서 같이 변해간다. 경우에 따라 그 위치를 옮겨야 할 때도 있다(실제로 수도를 옮겨서 국경이 변한 사례보다는 국경이 바뀌어서 수도를 옮겨야 했던 역사적인 사례가 훨씬 많다). 시도 예술도 마찬가지다. 예술의 국경선이 변하면 예술의 수도에 해당하는 본질도 같이 변해간다. 따라서 움직이는 것이다.

국경을 넓히기 위해 수도를 전진 배치하는 것은 지극히 의지적이고 이념적인 태도이지만(그래서 대부분 희망 사항으로 그칠 때가 많다), 국경이 넓어져서 수도를 옮겨야 하는 사태는 한 나라의 현실이면서 지금 이곳에서 시를 쓰고 예술을 하는 자들의 부정할 수 없는 현실이 된다.

시인들은 언제나 변방에서 보이지 않는 국경선과 싸운다. 무의식중에 얽매여 있는 자신의 한계이자 시의 한계와 싸우는 동안 조금씩 변해가는 국경선. 시의 국경선이 한 발짝씩 변해갈 때마다 시의 수도(본질)를 논하는 자들의 입속에서도 어느 순간 혁명의 냄새가 나기 시작

할 것이다. 곰브리치의 『서양미술사』가 던져주는 친절
하면서도 유려한 문체 속에 녹아 있는 끈질긴 탐구 정신
도 거기서 멀지 않으리라고 믿는다.

등은
거짓말을 할 줄 모른다

뒤를 보이면서
나는 정직해지고
뒤를 들키면서
나는 또 부끄러워진다.

『뒷모습』
미셸 투르니에, 김화영 역

늘 궁금했던 것이 나무의 뒷모습이다. 그래서 언젠가 꼭 써보고 싶었던 글의 제목 역시 '나무의 뒷모습'이다. 나무는 언제나 정면으로 우리에게 다가온다. 우리가 다가가더라도 그것은 변함없이 정면만 보여준다. 동서남북 어느 방향에서 보든 마찬가지다. 답답한 침묵만 덤으로 얹어주는 그 정면의 고집 앞에서 나는 번번이 좌절하고 만다. 도대체 나무의 뒷모습이란 게 있기나 할까? 이 부질없는 질문 앞에 나무는 새삼 등을 돌리고 서 있다. 언제 그랬냐는 듯이 슬그머니 뒷모습으로만 존재하는 것이다.

　한동안 뒷모습에 골똘하다 보니 자연히 손이 갔던 책도 『뒷모습』이다. 프랑스의 작가 미셸 투르니에가 쓰고 에두아르 부바가 사진을 곁들인 이 책의 뒷모습은 나무가 아닌 인간들의 뒷모습에 포커스가 맞추어져 있다. 세계 곳곳에서 찍은 인간 군상들의 뒷모습, 가령 인도에서 카메라에 잡힌 헐벗은 농부의 뒷모습, 줄줄이 서서 바다로 배를 미는 포르투갈 뱃사람들의 뒷모습, 패션쇼 중간에 급히 옷을 갈아입는 반라에 가까운 모델의 뒷모습, 아이를 업은 어느 처자의 뒷모습, 포옹하고 키스하는 어느 연인의 뒷모습 등이 미셸 투르니에의 간결하면서도 섬세한 터치와 함께 매 페이지를 장식한다.

　그러고 보니 사람의 뒷모습만 나오는 게 아니다.

흔히들 예술의 도시라고 알고 있는 파리의 뒷모습, 쓰레기가 휩쓸고 가는 거리의 뒷모습도 가리지 않고 같이 나온다. 그것은 어느 축제의 뒷모습이면서 너절하기 짝이 없는 환희의 뒷모습이기도 하다. 인간을 포함하여 사물의 뒷모습에 저자는 왜 이렇게 집착했던 것일까? 그것은 "뒤쪽이 진실"이기 때문이다.

> 남자든 여자든 사람은 자신의 얼굴로 표정을
> 짓고 손짓을 하고 몸짓과 발걸음으로 자신을
> 표현한다. 모든 것이 다 정면에 나타나 있다.
> 그렇다면 그 이면은? 뒤쪽은? 등 뒤는? 등은
> 거짓말을 할 줄 모른다. (…) 인간의 뒷모습이
> 보여주는 이 웅변적 표현에 마음이 쏠린
> 화가들이 한둘이 아니다.

p. — 09

사람을 볼 때 외모보다 그 내면을 먼저 보라는 말이 있지만, 내면은 늘 간파하기 어려운 곳에 있다. 안에 있거나 어딘가에 꼭꼭 숨어 있는 경우가 많은 탓이다. 반면에 슬쩍슬쩍 보이는 그 사람의 뒷모습에서 우리는 또 하나의 표정을 본다. 한없이 즐거워 보이는 그가 등을 돌리는 순간 엿보이던 그 쓸쓸함. 누구보다 너그럽고 솔직해

보이던 사람이 돌아서는 순간 드러나는 그 인색함과 비열함의 흔적은 또 어떤가. 그래서 사람들은 내면만큼이나 뒷모습을 함부로 보이기 싫어하는지도 모른다. 뒤를 보이면서 나는 정직해지고 뒤를 들키면서 나는 또 부끄러워진다. 때로는 천 마디 말보다 더 화난 상태를 보여주는 나의 뒷모습.

내가 보이지도 않는 나무의 뒷모습에 골몰했던 이유도 그 어디쯤에 있지 않을까. 언제나 뒷모습을 감추면서도 어쩔 수 없이 뒷모습 그 자체인 한 인간의 자화상을 엿보려고 했던 것은 아닐까. 하지만 불행히도 내 뒷모습을 내가 보기란 좀처럼 힘든 일이다. 나무의 뒷모습보다도 더 힘든 일이다.

영원히 미스터리로 남았을
호텔의 정체

쇠락해가는 그 건물에
구라시키의 지난 역사가
새겨져 있다.

『빨간벽돌창고와 노란전차』
강동진

세기말을 넘어가던 어느 겨울, 보름간의 일정으로 일본에 여행을 갔을 때, 오사카를 출발해서 히로시마로 가던 중간에 내린 곳이 구라시키倉敷라는 조그만 도시였다. 일본에서도 중소도시에 해당하는 규모이지만, 한 해에 자국 관광객만 수백만 명이 찾아들 정도로 에도시대의 전통이 잘 남아 있는 도시다.

　　일행은 그곳에서 일본 최초의 서양미술작품 사립전시관인 오하라大原 미술관과 에도시대 물자의 집산지 역할을 담당했던 운하를 따라 늘어선 여러 목조건물을 둘러보았다. 한때는 쌀 창고였던 것이 지금은 민예관과 고고관 같은 작은 박물관으로 활용되고 있는 모습을 보면서 걷다가 문득 정체를 알 수 없는 이상한 건물 앞에서 걸음을 멈추었다.

　　먼저 눈에 띈 것은 어두우면서도 차분한 색조의 나지막한 외벽이었다. 담쟁이덩굴이 감싸고 도는 외벽 안으로 들어가니 수십 개의 의자와 탁자가 줄을 맞춘 듯 가지런히 놓여 있는 넓은 정원이 나왔다. 말하자면 중정中庭이었는데, 중정을 둘러싼 건물은 마치 중세의 수도원처럼 고풍스럽고 느긋한 풍경을 보여주는 것이었다. 도대체 여기가 어딜까? 어떤 용도의 건축물일까?

　　생각할수록 수상한 건물 한쪽으로 들어가니 높다란 천장으로 목조 뼈대가 그대로 남아 있는 로비가 나온

다. 깔끔하지만 여전히 정체를 알 수 없는 건물. 그 건물의
정체는 당시엔 끝내 밝혀내지 못하고 몇 년이 지나 우연
히 책 한 권을 통해서 알게 된다. 정식명칭은 '구라시키 아
이비 스퀘어'. 이름만 들어서는 여전히 아리송한 그 건물
의 정체는 호텔이었다. 호텔로 바뀌기 전에는 한동안 구
라시키 시 전체를 먹여 살릴 정도로 큰 규모의 방적공장
이었다고 한다.

　　방적공장을 호텔로 개조해놓았으니 이방인의 어
수룩한 눈으론 금방 알아보기 힘들 수밖에. 1888년에 세
운 방적공장 건물을 백 년 가까운 세월이 지난 1974년에
호텔로 리모델링을 했던 이유는 단순하다. 쇠락해가는
그 건물에 구라시키의 지난 역사가 새겨져 있다는 판단
때문이었다. 쓸모없는 건물을 허물지 않고 최대한 원형
을 유지해서 재활용하는 것. 한 지역의 역사는 그래서 쉬
이 허물어지지 않고 지금까지 살아 숨 쉬는 여유를 가지
게 된다.

　　어쩌면 영원히 미스터리로 남았을 법한 그 호텔의
정체를 일러준 책 『빨간벽돌창고와 노란전차』가 강조하
는 내용도 거기서 멀지 않다. 저자가 일본의 중소 지방도
시를 돌면서 쓴 이 책에서 가장 많이 등장하는 것이 이른
바 근대의 산업유산들이다.

　　한때는 지역 경제를 좌우할 만큼 중요한 산업시설

들이 세월이 지나 애물단지처럼 변해버렸을 때, 그것을 대하는 일본인들의 태도는 일단은 보존하고 보존이 어려우면 재활용하자는 것이었다. 덕분에 삿포로의 오래된 맥주공장이나 마이즈루의 쇠락한 창고들, 그리고 어느 산간마을의 폐광은 버려지지 않고 그 지역만의 소중한 문화자산으로 거듭나게 된다.

　　저자에 따르면 퇴락한 산업시설을 보존하거나 재활용하려는 노력은 일본뿐만 아니라 세계 곳곳에서 진행되는 현상이다. 몇백 년이나 몇천 년에 걸쳐 남은 문화유산도 처음에는 몇십 년의 세월을 예사롭게 보지 않은 데서 출발한 것들이 아니었을까, 문득 그런 생각이 스치는 것이었다.

빛을 사랑하는
두더지가 있었습니다

비극을 빤히 알면서도
우리는 사랑에 빠진다.

『양 한 마리 양 두 마리』
슈테판 슬루페츠키, 조원규 역

"빛을 사랑하는 두더지가 있었습니다." 이 한 문장이 너무 사랑스러워 끝까지 읽었던 동화책이 있다. 상식적으로 두더지는 땅속을 헤집고 다녀야 하는 동물이다. 그래서 빛이 필요 없는 동물. 혹은 빛을 싫어해야 마땅한 그 동물이 빛을 사랑하게 되었다니!

이 이상한 두더지의 이상한 사랑 앞에서 '왜?'라는 질문은 하지 말자. 우리 역시 사랑해야 마땅한 것만을 사랑하지는 않으니까. 때로는 사랑할 필요도 없는 것을 사랑하고 도저히 사랑해서는 안 되는 것을 사랑할 때도 있으니까. 앞으로 불어닥칠 비극을 빤히 알면서도 우리는 사랑에 빠진다. 죽음을 빤히 알면서도 삶을 사는 것처럼.

사랑에 돌진하면서 삶을 소진하는 사람은 그래서 불행을 모른다. 불행이 지나가고 난 뒤에 남는 것이 죽음뿐이더라도 그는 앞만 보고 달려간다. 앞에 놓인 빛만 보며 쫓아간다. 그것을 어떻게 나무랄 것이냐. '왜?'라는 질문도 안 통하는 판에. 대책 없는 그 사랑의 임자가 너도 될 수 있고 나도 될 수 있기에 우리는 지그시 눈을 감는다. 어둠 속에서 곰곰이 생각해보라. 나는 지금 어떤 빛을 쫓고 있는가를. 살아 있는 한 누구라도 쫓고 있는 빛. 신일 수도 있고 사람일 수도 있으며 때로는 헛된 꿈일 수도 있는 그 빛. 그러나 내게 전부인 그 빛.

두더지는 그 빛을 향해서 쫓아갔다. 어느 날 눈부

시게 빛나는 태양이 아니라 한밤중에 빛나는 가로등의 행렬을…. 그리고 마침내 도착한 곳. 요란한 불빛들이 쏜살같이 달리는 곳. 아스팔트에서 두더지는 지금까지 보아왔던 그 어떤 불빛보다도 밝은 두 개의 태양을 본다. 그를 향해 쏟아질 듯이 달려오는 두 개의 눈부신 태양. 아니 헤드라이트! 두더지는 마지막까지 감격에 몸을 떨며 외친다. "빛을 좀 더! 빛을 좀 더 다오!"

다음 순간 그의 몸을 덮친 것이 무엇이었겠는가. 그가 그토록 사랑했던 빛이 그를 덮치는 순간에도 그가 갈구했던 것은 여전히 빛이었다. 죽음까지 같이 싸안고 가는 그 빛에 대해서 나는 어떤 대답도 들려주지 못할 것 같다. 질문 없이 사랑했던 그 두더지에 대해서도. 끝없이 질문하고 회의하면서도 결국엔 그것 하나에 매달려서 살아가는 나에 대해서도. 정작 그것이 무엇인지도 모르는 나의 빛과 죽음에 대해서도.

너무 엄숙해지기 전에 나는 책을 덮었다. 『양 한마리 양 두 마리』 아주 귀여운 제목이 붙은 그 책은 동화집이면서 우화집이고 누구에게나 어울리는 이야기이면서 한 편 한 편이 서로 다른 이야기를 들려준다. 나에 대해서 그리고 당신에 대해서. 그러나 너무 진지한 표정 따위는 거부하는 책. 진지해지기 전에 더 재미있는 생각과 상상을 권유하는 책. 그게 동화책이니까.

　　마흔이 넘는 나이에도 여전히 개구쟁이 눈매를 간직한 저자의 사진 옆에는 또 이런 재미있는 약력이 붙어 있다. 동화 쓰는 것 말고도 '넘치는 생각 활용 모임'을 만들고 '기발한 발명 그룹'을 이끌었다는 그의 발명품 중에는 '들고 다니는 횡단보도'도 있단다. 들고 다니는 횡단보도라? 과연 동화작가다운 발명품이다.

한반도의
하늘만이 푸르다

세계가 다르면
언어가 다르고
언어가 다르면
세계도 다르다.

『사라져 가는 목소리들』
다니엘 네틀·수잔 로메인, 김정화 역

　　아는 사람 중에 지중해를 다녀온 사람이 있다. 그
가 가슴속에 담아온 여러 풍광은 쉴 새 없이 셔터를 눌렀
을 수백 장의 사진에도 고스란히 남아 있었다. 무엇보다
눈에 띈 것은 지중해의 바다 색깔과 하늘빛이었다. 말로
만 듣던 코발트 빛이라는 게 정말 무엇인지 실감할 수 있
었다. 한반도의 하늘과 바다에서는 여태껏 보지 못한 그
빛깔을 한국어로 옮긴다는 것 자체가 구질구질한 일인지
도 모르겠다. 왜냐하면 한반도에는 그런 빛깔이 없기 때
문이다. 그곳에서 그 사람들 언어로 옮길 때 가장 자연스
럽고 정확한 표현이 되지 않을까 그런 생각을 해보았다.

　　반대로 한반도의 하늘은 한반도의 언어로 옮길 때
가 가장 자연스러울 것이다. 서정주의 시에 나오는 "푸르
른 하늘"은 그 자체로 푸르른 하늘이고 다른 외국어로는
온전히 번역하기가 쉽지 않다. 사실상 불가능하다. 막연
히 생각하기에 세계의 하늘은 똑같이 '푸르다'라고 할 수
있지만, 엄밀히 생각해보면 한반도의 하늘만이 푸르다
(혹은 푸르르다). 가령, '푸른 하늘'과 'blue sky'는 번역할
때만 편의상 같은 의미고 비슷한 의미다. 우리가 보는 푸
른 하늘과 그들이 보는 blue sky는 오히려 본질적으로 다
른 하늘이다.

　　어디 하늘뿐인가. 하늘 아래 땅과 땅 위의 사람과
그 사람들이 일군 낱낱의 문화까지도 다 다르지 않은가.

차이 나는 그 목록에서 빠질 수 없는 것이 바로 언어다. 언어도 문화의 산물이니 어찌 보면 당연한 말 같지만, 의외로 체감을 못 할 때가 많다.

세계(문화)가 다르면 언어가 다르고 언어가 다르면 세계도 다르다는 생각은 몇 년 전에 읽었던 『사라져 가는 목소리들』에서도 똑같이 반복된다. 세상에서 '푸르다'라는 말이 사라지면 푸른 하늘도 푸른 바다도 같이 사라진다고 보는 것이 이 책의 저자인 다니엘 네틀과 수잔 로메인의 공통된 생각이다.

상상이 잘 안 간다면, 이 책에 나오는 예를 더 들어 보자. 유달리 눈에 민감한 이누이트족은 얼음과 눈의 강도에 따라 각기 다른 수십 가지의 이름을 붙인다고 한다. 만약 그들이 사라진다면, 그래서 그들이 이름 붙여준 수많은 애칭이 함께 사라진다면 우리는 더 이상 그 세밀한 차이를 가진 눈 혹은 얼음을 분간하지 못할 것이다. 막연히 눈 혹은 얼음만 남는 것이다.

우리가 보지 못하는 것은 우리한테 없는 것과 같다. 당연히 하나의 언어가 사라진다는 것은 그 언어를 통해서 보는 세계가 사라진다는 말과 똑같다. 눈에 보이는 문화유산만이 유산이 아니라 눈에 보이지 않는 세계를 보이게 하는 언어도 우리에게는 더없이 값진 유산이다. 그런데 그런 유산들이 하나둘씩 그것도 점점 속도를 더

해가며 지구촌 곳곳에서 사라져 가고 있다. 『사라져 가는 목소리들』이란 책이 탄생하게 된 배경이기도 한 이런 사태는 산업화 이후 더 심각해져서 마치 생태계 파괴가 지구촌 어느 곳을 가리지 않고 진행되듯이 언어가 있는 곳이면 어디든지 자행되는 현상이다.

　　저자들은 이를 두고 '언어 살해'라는 말로 그 끔찍함을 대신한다. 저절로 죽는 것이 아니라 살해되는 것. 인간 때문에 숱하게 멸종해간 생물들과 마찬가지인 운명을 인간의 언어도 같이 겪고 있는 것이다.

말에 대한 고민이
곧 사물의 편이다

우리가 말을 거치지 않고
사물을 얘기할 수 있는
방법이 있을까?

『테이블』
프랑시스 퐁주, 허정아 역

오랜만에 퐁주의 시집을 펼쳐본다. 프랑시스 퐁주. 국내에서는 시를 업으로 삼는 사람들이 아니라면 잘 모르는 시인. 1899년 프랑스 태생의 이 시인에게 흔히 따라붙는 별칭은 '사물의 시인'. 1942년 그가 펴낸 『사물의 편』이라는 시집은 이전 시대 낭만주의나 상징주의는 물론이고 당대 프랑스 문학을 지배했던 초현실주의나 실존주의 어디에도 속하지 않는 독자적인 언어관과 세계관을 담고 있다.

'사물의 편'은 말 그대로 인간의 편이 아니라 사물의 편에 서서 글을 쓰려는 그의 입장이 노골적으로 표현된 제목이다. 그러나 사물의 편에 서려는 그 입장조차 결국엔 인간의 입장이기에 그는 한발 물러선 입장에서 다시 얘기한다. "사물의 편은 곧 말에 대한 참작이다." 이 말을 이해하기 위해서 꼭 시를 들먹일 필요는 없다. 우리가 말을 거치지 않고 사물을 얘기할 수 있는 방법이 있을까? 그 흔한 침묵조차도 말을 동반자로 삼고 있을 때 비로소 의미가 살아난다.

당연히 사물의 편이든 인간의 편이든 중요한 것은 어느 편에 서느냐가 아니라 어떤 말을 하고 있느냐이며, 그 말이 얼마만큼 말에 대한 고민을 빚지고 나왔는가를 따지는 데 있을 것이다. 그래서 퐁주가 한 말은 이렇게 뒤집어볼 수도 있다. '말에 대한 참작(고민)이 곧 사물의 편

이다.'

　　오랜만에 골치 아픈 생각을 하면서 다시 펼쳐본 시집은 2004년에 번역되어 나온『테이블』. 시집 전체가 테이블에 바쳐지고 테이블을 얘기하고 테이블로 시를 쓰고 있다. 1967년부터 1973년까지 테이블에서 시작하여 테이블로 돌아오는 자신의 생각을 거의 일기처럼 쓰고 고치고 다듬기를 반복한 역작. 테이블에 대한, 아니 말에 대한 그의 고집스러운 면면이 고스란히 담긴 이 시집에서 범상한 독자들이 매력을 가질 만한 곳은 그리 많지 않다. 그 와중에 힘겹게 한 대목을 끄집어내 본다.

　　"대패질이 잘되어 매끈하고 두께가 최소 이 센티미터 되는 한 개 혹은 여러 개의 나무판을 붙여 만든 왁스나 니스 칠을 한 수평적인 테이블. 펜으로 보면 그것은 땅이다."

　　펜pen의 입장에서 보면 땅으로 보일 수도 있는 테이블. 그리고 시집에서 가장 무난하게 옮길 만한 대목. 그만큼 난해하다는 뒷말이 자주 따라붙는 시인. 프랑시스 퐁주의 시는 그러나 프랑스 초등학교 교과서에 실려 있을 만큼 아이들에게 친근한 시이기도 하다(옮긴이에 따르면 프랑스 초등학생들이 가장 좋아하는 시인이 바로 퐁주란다).

　　일견 난해해 보이는 퐁주의 시가 초등학생들에게

무리 없이 다가설 수 있는 이유는 간단하다. 그것이 난해하지 않기 때문이다. 아이들처럼 사물을 처음 대하듯이 보고 느끼고 기록하는 것, 몇 년에 걸쳐서라도 새로 고쳐서 보려고 노력하는 것, 그것이 퐁주의 시였고 또 시를 쓰는 태도였다. 마치 아이들이 매일같이 생각을 고쳐가면서 성장하듯이. 성장한 뒤에도 그 생각이 굳어지지 않고 계속 눈과 귀를 열어놓기를 바라는 것. 퐁주가 생각하는 시는 결국 끊임없이 변해가는 아이들의 시선이었다.

　　시라고 하면 낭만적인 노래 가사나 연애편지, 혹은 생활 수기와 다름없는 글을 먼저 떠올리는 나라에서 국정교과서에 들어가는 시가 늘 왜 이 모양일까를 다시 생각해보게 하는 대목이다.

"모든 시인이 필연적으로
민족시인일 수밖에 없는 이유도 여기에 있다.

한 시인이 어떤 시를 쓰든지 간에
그 시를 마지막으로 감당해주는 것은
다름 아닌 모국어이기 때문이다."

───────────────────────────────

2부

나무의 말이라면
어느 나라 말이라도 좋다

우리가
정말 반성해야 하는 것

오로지 인간만이
인간을 반성하고
또 저항한다.

『앙겔루스 노부스』
진중권

　　이 책은 미학 에세이다. 미학 에세이라고 해서 고상한 미학 입문서나 예술 교양서 정도로만 생각하면 큰 오산이다. 이 책의 저자가 누구인가. 전투적 글쓰기로 정평이 난 논객이 아닌가. 그런 그가 한때는 『미학 오디세이』라는 책을 썼고 그리고 이번에는 미학 에세이까지, 얼핏 봐서는 그의 필명과 어울리지 않는 저작을 내놓는 데는 이유가 있다.

　　그가 보기에, 예술과 삶은 서로 다른 것이 아니다. 미학과 윤리학은 서로 별개의 학문이 아니다. 즉 사람을 만나는 것과 예술을 만나는 것이 전혀 다른 차원의 문제가 아니라는 것인데, 이를 두고 저자는 탈근대미학 혹은 존재미학이라는 말로 대신한다. 탈근대나 존재라는 말이 어려우면 그냥 생활미학쯤으로 여겨도 큰 지장은 없을 것이다. 생활미학이기 때문에 굳이 어렵게 미술관이나 공연장에서 예술을 찾을 것이 아니라 우리 삶의 구석구석에서 아름다움을 발견하고 실천해나갈 것을 강조한다.

　　책에도 나오듯이 근대는 이성의 시대였고 그래서 인식의 시대였으며 한편으로는 자본주의의 길을 가파르게 걸어온 시대였다. 그 결과로 삶에서 직접적이고 창조적인 영감을 주던 예술은 냉철하게 거리를 두어 분석하는 대상이 되어버렸고 나아가 인간까지도 수술대 위에서 해부와 관찰의 대상이 되어버렸다. 예술은 이제 삶의 한

복판에서 살아 숨 쉬던 지위를 잃고 갑갑한 미술관이나 공연장 안에 갇힌 신세가 되었다. 그래서 돈 있고 여유 있는 자들만을 안쓰럽게 기다리는 신세, 이런 신세를 두고 저자는 근대미학 혹은 인식미학이 가져다준 폐해라고 쏘아붙인다. 근대 부르주아지들의 천박함을 감추기 위한 포장지로 전락해버린 것이 지금의 예술이라는 것이다.

생활에서 예술을 발견하던 시대는 한편으로 예술이 생활을 움직여나갈 수도 있는 시대였다. 예술이 삶을 고양시키고 사회를 변화시킨다는 말이 허무맹랑한 것이 아니었던 것이다. 그만큼 예술은 삶과 밀접하게 붙어 있었고 예술적 삶은 곧바로 숭고한 삶으로 가는 지름길이 되어주었다. 책에서는 이러한 시대가 다시 오기를 고대한다. 삶과 윤리와 예술이 한 몸이던 시절로 되돌아가기를 바란다.

그러나 그것이 가능할까. 여기에 대해선 저자도 확신을 못 가진다. 오히려 참담하고 절망적인 심정을 엿보인다. 왜냐, 역사가 그걸 증명하고 있으니까. 유사 이래로 훌륭한 사상은 끊이지 않고 있었고 전망은 언제나 많았고 따라서 늘 희망을 부르짖어 왔지만, 결과는 어떠한가. 참혹함의 규모만 더 커졌을 뿐이다. 역사는 언제나 선과 선의 대결이었지만(선과 악의 대결은 없었다. 저마다 다들 선이라고 주장했고 또 믿어왔으니까), 지금의 상황

은 어떠한가. 어느 한쪽을 선이나 악이라고 규정하기 전
에 악화일로惡化一路를 걷는 것은 예나 지금이나 마찬가지
다. 다만 규모가 더 커졌을 뿐이다. 한 부족이 절멸하는 정
도에서 이제는 인류 전체가, 나아가 지구 전체가 몽땅 판
돈으로 걸려 있는 상황이 지금이 아닌가.

　　명민한 이라면 이런 판세를 못 읽어낼 리 없다. 저
자도 이제는 장밋빛 미래를 약속할 자신이 없다는 걸 솔
직히 인정한다. 더구나 "파라다이스의 들뜬 희망을 참담
한 좌절감으로 떠나보낸" 경험이 있는 그로서는. 그리고
보니 그 또한 80년대 학번이다.

　　　누군가 이 시대에 다시 완성품의 '희망'을
　　　얘기한다면, 그것은 아직 그가 절망의 나락까지
　　　체험해보지 못했음을 의미한다. 외려 저 천사의
　　　째진 눈처럼 삶의 근원적 비극성을 냉정하게
　　　응시하고, 우리의 저항이 현실을 파라다이스로
　　　만들 수 없음을 정직하게 인정하고, 그렇다고
　　　저항을 포기하는 게 아니라, 바로 그렇기 때문에
　　　꿋꿋하게 날개를 펴고 저항을 해야 하는 신천사.
　　　그게 우리의 모습이 되어야 하지 않을까?

　　　　　　　　　　　　　　　　　p. — 256

여기서 말하는 '신천사新天使'가 바로 이 책의 제목이기도 한 앙겔루스 노부스다. 파울 클레의 그림 제목이기도 한 이 천사는 (발터 벤야민의 말대로) 이제 우리를 장밋빛 미래로 인도하는 천사가 아니다. 미래로부터 사정없이 등을 돌린 천사. 아름답기보다 오히려 기괴하기까지 한 그 천사의 외모는 사실 우리의 과거를 되비쳐주는 거울이다. 그러면서 조용히 침묵으로 웅변하는 것이다. 우리의 과거를 돌이켜보고 그 기억을 잊지 않고 끊임없이 반성하는 것이 그나마 우리가 앞으로 할 수 있는 유일한 대안이라고.

저자의 결론은 일단 여기서 멈춰 있다. 그러나 질문은 남는다. 엉뚱하게도 나는 이런 생각을 해보는 것이다. 과거의 기억을 끊임없이 반성하는 그 능력이 오히려 인간을 비극으로 몰아온 원인은 아니었을까. 저자는 반성이라는 말 대신 저항이라는 말을 더 즐겨 쓰지만, 반성은 내부로 향한, 저항은 외부로 향한 항생제 역할을 한다는 점에서 둘은 일맥상통한다.

그런데 이쪽에서 반성하고 저항하는 편도 인간이지만, 끊임없이 반성과 저항을 불러오는 저쪽 편도 외계인은 아니라는 사실을 생각해볼 필요가 있다. 반성과 저항을 불러오는 것도 인간이고 그래서 반성과 저항을 하게 된 것도 똑같은 인간이고 그렇게 반성과 저항이 수도

없이 누적되어 왔는데, 지금의 상황은 어떠한가. 불행의
몸집이 더 커졌다는 것 말고 뭐가 달라졌는가. 김수영 시
인의 투로 말하자면 바람은 바람을 반성하지 않고 곰팡
은 곰팡을 반성하지 않고 오로지 인간만이 인간을 반성
하고 또 저항한다. 그럼에도 뭐가 나아졌는가. 자신을 반
성하는 능력이 인간과 자연을 갈라놓는 가장 큰 차이라
면 인간이 인간으로 인해 그토록 불행했던 이유도 다른
데 있지 않을 것이다. 우리가 정말 반성해야 하는 것은 어
쩌면 반성하는 능력 자체인지도 모른다.

머리로 일어선 자,
머리로 망하리라

인류의 진화 과정에서
3kg짜리 두뇌란
치명적인 결함이
아니었을까.

『갈라파고스』
커트 보니것, 박웅희 역

100만 년 후의 인류는 어떤 모습일까? 그리고 100만 년 후에도 인류가 존재한다면 지금의 인류를 어떤 식으로 돌아볼까? 커트 보니것의 소설 『갈라파고스』는 이런 질문을 밑바닥에 깔고 있다. 그의 얘기대로라면, 100만 년 후의 인류는 100만 년 전에 존재했던 그들의 조상을 생각하지도 돌이켜보지도 않는다. 그럴 능력이 없어진 것이다. 생각하고 돌이켜보는 것 자체가 불가능하고 불필요한 존재가 바로 100만 년 후의 미래 인류라는 것인데, 다시 말하면 그런 지적 활동을 관장하는 뇌가 쓸모없게 되었다는 것이다.

뇌의 퇴화 혹은 상실. 소설은 현생 인류를 마감하고 미래 인류가 자연 선택한 가장 큰 변화로 이것을 꼽는다. 대신 몸 전체에 수북이 털이 자라고 손 대신 물갈퀴 비슷한 것이 생겨서 수중과 육상을 오가면서 때로는 범고래나 바다사자에 쫓기면서 일용할 양식과 교미할 짝 말고는 걱정할 것이 없는 존재가 소설에서 내다보는 미래 인류다. 여느 동물과 다름없는 신세가 되어버린 인류의 미래에 대해 소설은 은근히 이런 식으로 찬사를 보낸다. 그 옛날 "인류의 진화 과정에서 3kg짜리 두뇌란 치명적인 결함이 아니었을까"라고.

조롱 섞인 말을 빌리지 않더라도 인간의 자질을 의심케 하는 증거는 여러 군데서 발견할 수 있다. 공룡의 멸종 이후 가장 많은 종의 멸종이 지구상에서 인류가 패권을 잡은(잡았다고 착각하는) 이후 이루어졌으며 지금도 계속되고 있는 와중에 정작 인간은 행복한가 하면 또 그렇지도 않다. 인간 스스로도 인간에 의해서 불행한 것이다. 동족을 먹는 것은 불법이면서 죽이는 것은 합법화된 이 이상한 세계를 구원하는 것은 역설적으로 인류의 자멸이다.

'킬로 일이선 자, 칼로 망하리리'는 단순히 격언이 아니라 인류 전체에 꼭 들어맞는 암울한 예언인지 모른다. 소설에서 예측하는 현생 인류의 종말 시나리오는 그래서 우리가 흔히 생각하는 수준과 크게 다르지 않다. 엄청난 금융위기가 전 세계를 덮치고, 급기야는 전쟁으로 말미암아 절멸하는 수순을 밟는데, 그 사이사이에 등장하는 화폐, 총과 대포, 로켓, 고성능 컴퓨터는 다름 아닌 인간의 머리에서 나온 것들이다. 머리로 일이선 자, 머리로 망하리라!

소설에 따르면 그 와중에 우연히 살아남는 사람들로부터 미래 인류는 시작한다. 공교롭게도 그들이 재앙의 불길을 피해 살아남을 수 있었던 곳은 다윈의 진화론이 싹을 틔웠던 갈라파고스 군도의 한 조그만 섬이다. 거기서 인류는 지금까지와는 전혀 다른 진화를 하게 된다. 우리와 우리의 이웃을 그토록 불행하게 만들었던 것이 결국 한 덩어리 이 잘난 뇌에 불과하다는 판단에서 그리고 무엇보다 살아남기 위한 자연 선택의 결과로서 더 이상 '생각' 같은 것은 하지 않는 종족으로 진화한다. 미래 인류의 입장에서 보면 지나치게 큰 이 사고思考 기계는 지나치게 위험한 사고事故 덩어리에 불과했다.

우리의 뇌 용량을 쓸데없이 큰 사슴의 뿔 정도로 낮추어보는 태도는 『갈라파고스』에서만 발견되는 것이 아니다. 소설에도 나오듯이 "옛 인류가 자랑스럽게 여길 만한 일이 한 가지 있기는 하다. 자기네 뇌가 무책임하고 믿을 수 없으며 소름 끼치도록 위험하고 현실 감각이 전혀 없다는, 한마디로 완전히 엉터리라고 말하는 사람이 점차 늘어나고" 있다는 사실이다. 인간은 생태계에서 암적인 존재라는 말에서 인간이 망해야 지구가 산다는 얘기까지 심심찮게 들을 수 있는 요즘, 인간을 향한 그 저주와 독설이 인간의 어디를 두고 겨냥한 말인지는 빤하다.

그러나 영재나 수재 대신 둔재나 바보가 추앙받는 시대가 오기는 올까. 아주 더디게 오는 진화 대신 어느 순간 재빠르게 '진보'라는 길을 택한 인간이, 그 진보가 주는 문명의 혜택에 푹 빠진 인간이 아무런 계기 없이 가장 인간다운 그 메리트를 포기하지는 않을 것 같다. 전쟁이나 소행성 같은 대재앙이 휩쓸고 가기 전에는 결코 변하지 않을 길을 우리는 이미 가고 있다. 소설에서 들려주는 인류의 절멸이 상식적이지만 필연적으로 보이는 것도 그 때문이다.

한낱 소설이 엄청난 사실로 변하기 전에 그 위험성을 알리고자 하는 사람들이 전혀 없는 것은 아니다. 오히려 많은 사람이 공감하고는 있다. 생태니 환경이니 하는 말들이 지구를 에워싸는 표어로 자리 잡은 것이 그 한 예이지만, 많은 사람이 공감하게 된 것의 이면을 살펴보면 쏙 그렇지만은 않다. 솔직히 말해보자. 인간에게 헤가 되는 것으로 판명 났기 때문에 비로소 인간 이외의 자연을 살피기 시작한 것 아닌가. 인간에게 직접적이든 간접적이든 피해가 돌아오지 않는다면 갯벌이 파괴되든 아마존 밀림이 사라지든 어디 눈이나 깜짝했을까. 극히 소수를 제외하고는 여전히 개발이 최우선시되는 시대였을 것이다.

문제는 그런 상황을 인식하면서도 상황이 바뀌지 않는다는 사실이다. 많은 사람이 공감한다지만, 말 그대로 눈만 깜짝하는 정도의 충격에 불과하다. 커트 보니것이 만물의 영장인 인간의 성능을 의심하는 것도 그 때문이다. 이 이상한 종족은 자신들이 만든 기계보다 더 기계적이라서 한번 굴러가기 시작하면 도무지 옆길을 모른다. 알아도 보지 못한다. "인간은 로봇이며 기계에 지나지 않는다"는 다른 작품에서 커트 보니것이 한 말이다.

　　그의 작품들 대부분이 그렇듯이 지극히 어두운 미래를 지극히 냉소적인 어투로 그려내는 중에도 지푸라기처럼 보내는 인간에 대한 신뢰가 있어 흥미롭다. 책의 앞머리에 등장하는 인용구, "누가 뭐라 해도 나는 믿어. 사람들 속마음은 사실 착한 거라고." 그의 말대로 딱히 악한 사람은 없는지도 모른다. 그의 소설처럼 단지 사람들이 모여서 악한 상황으로 몰아가는 것인지도 모른다. 그 사람들이 모인 곳이 바로 사회고 이 세계고 병들어가는 인간 하나하나의 지구인지도 모른다. 어지럽고 착한 사람, 영특하고 어리석은 존재, 지금의 인간을 지칭하는 말은 그래서 늘 모순적인지 모른다.

우리 모두는
서로 연결되어 있다

그 운명에서 인간이라고
예외가 되라는 법은 없다.

『나는 왜 너가 아니고 나인가』
류시화

　　대도시를 벗어나 한적한 곳에서 반년 정도 지낸 적이 있다. 한적한 곳이니 산책도 한적한 길을 따라나서는 일이 많았다. 도시에서는 좀처럼 듣기 힘든 닭 울음소리나 풀벌레 소리 그리고 개천을 따라 아직은 이름을 모르는 풀꽃들이 종종 피었다가 지는 곳이 아침저녁 나의 산책길이 되어주었다. 한번씩 벤치에 앉아서 저무는 하늘 저편에서 뜨는 초저녁달을 바라보고 있으면, 번잡한 도시에서 묻혀온 온갖 잡념들 너머로 전에 보지 못한 풍경들이 문득 비칠 때가 있다. 바람이 불면 잠시 보였다가 다시 스러지는 풍경 중에 많은 부분이 지금은 거의 사라지고 없는 아메리카 인디언들의 숨결에 닿아 있겠다는 생각을 한 것도 그 무렵이다. 우연히 읽은 책 한 권에서 건져 올린 생각이었을 것이다.

　　문자가 따로 없던 아메리카 인디언들의 육성은 한 자 한 자 여러 나라 말로 번역되어 책 속에서 빛나고 있지만, 다시 볼 수 없는 그들의 낙원과도 같은 삶은 한때 뿌리박고 살던 대지를 떠나 상공을 떠돌다 바람으로 때로는 바람보다 엷은 숨결로 내려앉는다. 바람과 똑같이 숨결은 숨결을 기다리는 사람에게로 불어가서 다른 사람의 입으로 잔잔히 되살아나오기도 한다. 오늘의 내 입은 그래서 꼭 나의 입이 아니래도 좋다.

　　'인디언의 방식으로 세상을 사는 법'이란 부제가

붙은 『나는 왜 너가 아니고 나인가』에서 책의 서문을 여러 인디언의 육성으로 대신한 저자의 심경이 또 그러했으리라 짐작한다. 이 책 이전에도 여러 권의 책을 통해 인디언들의 삶과 생각은 어느 정도 알려져 있지만, 그리고 백인들에게 당했던 뼈아픈 수난의 역사도 충분히 알려져 있지만, 숱하게 스러져간 그들의 숨결과 맥박과 영혼이 세월도 한참이 지난 지금 왜 다시 수면 위로 떠오르는지 떠올라야 하는지에 대해서는 그리 많은 생각을 가져보지 못했던 것 같다. 멀리 갈 것 없이 나부터 그랬던 것 같다.

제목과 함께 이 책의 주제를 이루는 한마디, '미타 쿠예 오야신—우리 모두는 서로 연결되어 있다'라는 말은 돈으로 시작해서 돈으로 끝나는 지금의 자본주의 사회에도 서글프지만 그대로 적용된다. 사람이 싫어 무인도로 달아나는 데도 돈이 필요한 세상이니까. 돈을 벌지 않으면 죄악이 되는 세상에서 빠질 수 없는 덕목은 묵묵히 그리고 뼈 빠지게 일하는 것이다. '왜 그렇게 살아야 하지?'라고 묻는 것 자체가 이 사회의 일원이 되는 걸 포기하는 질문처럼 느껴질 정도다.

백인들이 들어온 이후 이상하게 일이 많아지고 노동은 고되며 그걸 못 견뎌 끝내는 가만히 앉아서 굶어 죽는 길을 택한 아메리카 어느 원주민들의 이야기가 그래서 우습게만 들리지는 않는다. 그들에게는 고되게 일하는 노동의 개념도 거기에 보상하여 주어지는 여가나 레저라는 개념도 없었다. 소유의 개념이 없었기 때문이다. 소유의 개념이 없었기에 더 많은 부를 축적하기 위해 쓸데없이 많은 일을 할 필요가 없었고 그렇게 하지 않아도 이 대지를 살아가는 데 아무런 지장이 없었다. 모든 생명에게 그렇듯이 이 대지는 인간들이 먹고살 만큼은 언제나 충분히 주어진다. 그 이상을 요구하면서 필요 이상의 욕망이 생기고 생기는 만큼 감당하기 힘든 불행이 싹트고 종내에는 아무도 벗어날 수 없는 하나의 사슬이 되어버린다. 지금의 세상이 꼭 그렇지 않은가.

　　백인들이 보기에는 한낱 야생의 삶을 살아가는 야만인에 불과했지만, 아메리카 인디언에게 그들의 삶은 삶 그대로 낙원이고 천국이었다. 주어진 환경이 풍족해서가 아니라 그들의 마음이 필요 이상으로 요구하지도 않았고 그만큼 부족하지도 않은 삶을 살았기 때문이다. 이미 있는 낙원을 놔두고 난데없이 원죄를 말하면서 끊임없이 죽음 저편의 천국을 찬양하는, 그러다가도 한낱 돌덩이(황금) 앞에선 금방 눈이 뒤집히는 백인들의 사고방식을 인디언들은 이해할 수가 없었다.

　　무엇보다 이해할 수가 없는 것은 백인들의 땅에 대한 태도였다. '어머니 대지'라는 말에서 엿볼 수 있듯 인디언들에게 대지는 그 자체로 신성한 존재였다. 조상들의 영혼이 잠들어 있고 앞으로 태어날 숱한 생명이 숨 쉬고 있는 대지를 그러나 백인들은 농장을 만들고 광산을 만들고 철로를 뚫는다는 명목으로 파헤치고 거리낌 없이 사고팔았다. 대지가 우리의 일부이듯 우리 또한 대지의 일부라는 인디언들의 생각을 이해하지 못했던 것이다.

대지는 물론이고 공기를 어떻게 사고파냐고 반문하던 그들을 몰아내면서 대신 들어선 것이 자본주의 천국이라는 지금의 미국이다. 자본주의 '천국'답게 미국인들의 이념과 사상과 가치관은 자본주의 세계의 표준이 되었다. 세상 물정(?) 모르고 척화를 외치다가 뒤늦게 자본주의의 길을 따라 맹진하던 우리가 뒤늦게 다시 반미를 외치기도 하지만, 우리 생활과 사고방식은 어디에 내놓아도 손색이 없을 만큼 이미 미국적이다. 아니 전 세계가 미국적이다.

가장 중요하면서도 가장 뒤늦게 일어난 운동이 생태운동이라고 들었다. 생태철학, 생태문학 등 수많은 신조어가 생겨난 가운데 실제로는 뾰족한 진전이 보이지 않는 지금, 그걸 가로막는 가장 큰 장애물이 자본주의 체제라는 것은 이론의 여지가 없는 사실이다. 그런 체제 자체를 몰랐던, 말 그대로 이 대지와 자연의 삶에 충실했던 인디언들이 뒤늦게 부각되는 이유는 간단하다. 그들이 거의 절멸했기 때문이다. 입으로는 반식민지, 반제국주

의를 외치면서도 서구 여느 나라 못지않게 떵떵거리며 살고 있는 피부색만 비슷한 동아시아 여러 민족과 달리 그들은 날 때부터 죽는 순간까지 자연으로 남고자 했다.

　　정말 귀한 것은 죽음으로써 그 존재를 증명한다. 살아남는 것이 죄가 되어버린 세상에서 상공을 떠돌다 간신히 내려앉은 그들의 숨결이 어쩌면 우리에게 남은 마지막 희망이자 주문呪文인지도 모른다. 미타쿠예 오야신. 메아리처럼 들리는 이 말 말고는 딱히 덧붙일 것이 없어서 본다. 바람이 불면 잠시 보였다가 바람이 불면 다시 스러지는 것들을. 그 운명에서 인간이라고 예외가 되라는 법은 없다.

죽음 이후의
삶

말 그대로 그들은
온몸을 바쳐 산
사람들을 살려왔다.

『스티프』
메리 로취, 권루시안 역

　　해마다 5월이면 아버지의 기일이 찾아온다. 따뜻하고 화창하다 못해 실온에 둔 음식이 슬슬 상하기 시작하는 5월에 아버지는 돌아가셨고 햇수로 십수 년째를 맞이하지만 돌아오는 건 언제나 '그날[忌日]'이지 더는 '그분'이 아니다. 일부는 죽어서 혼으로 다시 돌아온다고 믿겠지만, 그 또한 믿음의 문제이지 과학적으로 증명할 수 있는 문제는 아니다.

　　장례가 있고서 이틀째 되던 날인가 아버지를 관 속에 누이던 장면은 지금도 선명하다. 그때 나는 망자의 뒷목을 받쳐 들다가 화들짝 놀라서 물러섰던 적이 있다. 죽은 사람의 목덜미가 그렇게 축축하고 물컹하고 끔찍한 느낌으로 다가올 줄은 미처 몰랐었다. 슬슬 상하기 시작하는 음식과 마찬가지로 내 손을 떠난 그는 이미 아버지가 아니었다.

　　믿음대로라면 망자에게도 영혼이 있어 또 어디를 떠돌다가 기일을 찾아 돌아오실지 모를 일이지만, 아버지의 시신은 그날 이후로 푹 잘 썩고 계실 것이다. 그러기를 바랄 뿐이다. 살아서는 모든 것을 이용하고 모든 것을 부려 먹고 모든 것에 기대어 육신을 꾸려가지만, 이후에는 다시 모든 것으로 돌아가는 것이 한 사람의 죽음이다. 일부는 흙으로 일부는 공기로 물로 천천히 혹은 부지런히. 아버지도 그러기를 바랄 뿐이다. 몇천 년을 지나서도 흉한 몰골로 버티는 미라보다는 차라리 완전히 썩어서 없어진 자리가 더 깔끔하지 않은가. 조금은 덜 구차하지 않겠는가.

죽음 이후 인간의 영혼에 관한 탐색은 여전히 미궁이지만, 죽음 이후 사람의 육신에 관한 연구는 미궁과도 같은 의문이 발목을 잡을 여지가 없다. 우리의 눈으로 직접 확인할 수 있기 때문이다. 조금은 껄끄럽고 어쩌면 더없이 징그러운 이 작업의 성과를 메리 로취가 쓴 『스티프』라는 책에서 발견할 수 있었다.

죽음 이후의 경직을 뜻하는 '스티프^{stiff}'는 결국 시체라는 말과 동의어이다. 책 제목이 시체이니만큼 이 책은 시체에 관한 모든 것을 마치 한 사람의 일상을 추적하듯 밀착 취재해서 보여준다. 물론 등장하는 시체는 한두 구가 아니다. 들판에서 자연스럽게 썩어가는 시체, 의과대학 실습실에서 만난 머리뿐인 시체, 자동차 충돌실험에서 만난 건장한 체격의 시체, 화장하기 직전의 시체, 화장하고 남은 뒤의 한 줌 뼛가루까지 우리가 상상할 수 있는 모든 시체가 다 등장한다. 비록 시체에 불과한 사람들이지만 웬만한 인맥을 형성하고도 남는 그 무리는 소소한 친목 단체 수준을 훌쩍 뛰어넘는다.

그들이 인류에 공헌한 것을 따져보자면, 우선은 의학 분야를 들 수 있다. 시체 한 명 한 명의 고귀한 희생이 없었더라면 해부학은 여전히 몸 밖에서 추측만 무성한 학문으로 남았을 것이다. 죽은 사람이 아니고서야 누가 자신의 내장과 두개골과 뼛속을 기꺼이 드러내 보여 줄 것인가. 죽은 사람이 아니고서야 누가 외과 실습의의 실습재료가 될 것이며 방탄복도 입지 않고 우리 대신 총을 맞고 우리 대신 차에 치이고 우리 대신 공중에서 떨어져 줄 것인가. 심지어 그들은 인간을 대신하여 우주왕복선에 탑승하기도 했다. 산 사람의 목숨이 불투명하거나 위험하다고 판단될 때는 언제든지 그들이 앞장서서 참여했고 그 성과는 고스란히 산 사람들의 몫으로 돌아왔다. 에어백 성능실험을 통해 시체 1구당 매년 147명이 자동차 정면충돌로부터 살아남았다는 얘기는 사소한 예에 불과하다. 말 그대로 그들은 온몸을 바쳐 산 사람들을 살려왔다.

　　그래서일까. 산 사람보다 시체를 더 높이 평가하여 멀쩡한 사람까지 죽여서 팔아넘기는 일이 콜롬비아에서는 불과 10여 년 전까지도 있었다고 한다. 해부학의 번성으로 한창 시체 수요가 넘치던 19세기 초반 런던에서는 시체 들치기를 부업으로 하는 사람만도 200명이 넘었다고 한다. 이런 부작용에도 불구하고 시체들이 "지난 2000년 동안 자발적으로 또는 자기도 모르게 과학의 진보에 동참해왔다"라는 건 부인할 수 없는 사실이다.

문제는 우리의 몸이다. 내 몸이면서 더는 내 몸이 아닌 사후의 육신을 어떻게 처리할 것인지에 대한 고민이 이 책의 마지막을 붙잡는다. 전통적인 매장 풍습은 갈수록 여유가 없는 땅 때문에 문제고 화장은 화장대로 유독가스가 대기를 어지럽혀서 문제고 그 대안으로 나온 것이 이른바 냉동건조 방식이라 불리는 퇴비형 장례이다. 유해를 냉동건조하여 물기를 제거하고 잘게 부순 다음(마치 라면스프처럼) 깔끔하게 퇴비로 만드는 방식인데, 모든 생물의 최후가 결국엔 한 줌의 거름으로 돌아간다는 자연의 섭리를 감안하더라도 어쩐지 씁쓸한 뒷맛을 지울 수 없다. 들고 온 쓰레기는 들고 온 그대로 가져가라는 유원지에서 흔히 듣는 멘트와도 비슷한 뒤처리가 우리의 육신에도 그대로 적용되는 것 같아서다.

그래서인지 호랑이는 죽어서 가죽을 남기고 사람은 죽어서 이름을 남긴다는 말이 이 책에는 그다지 어울리지 않는다. 둘 다 죽어서는 시체를 남길 뿐이다. 썩어가는 시신을 앞에 두고 수행하던 불경『염처경念處經』의 스님들이 느끼던 바도 이와 비슷할 것이다. 한없이 지탱할 것만 같은 이 육신과 삶 자체가 한없이 덧없다는 사실. 그러면서도 유머를 잃지 않는 믿음이 이 책의 곳곳에 녹아 있다. 죽음이 꼭 끔찍하고 지루하고 덧없을 필요가 있을까 하는 저자의 호기심이 만들어낸 세계는 시체를 보는 또

다른 즐거움과 사색을 던져주기도 한다. 가히 시체 박사
라고 불러도 손색이 없는 저자의 표정이 유독 밝아 보이
는 이유를 곰곰이 생각해보는 중이다.

세상의 룰을 바꾸는
특별한 1%의 법칙

세계는 이제
한두 개의 단일한 원리로
설명이 되지 않는다.

『마이크로트렌드』
마크 펜·키니 잴리슨, 안진환·왕수민 역

책을 덮으면서 문득 담배 생각이 떠올랐다. 애연가들이라면 다 아는 얘기겠지만, 요즘 담배 종류는 그 수를 다 헤아리기가 힘들 정도로 많아졌다. 에쎄, 더원, 레종, 말보로, 던힐, 마일드세븐, 버지니아…….얼른 떠오르는 이름만 해도 열 손가락을 넘어간다. 단일 브랜드만 해도 수십 가지는 될 텐데, 그 아래 또 얼마나 많은 새끼 브랜드들이 따라붙는가. 에쎄 라이트, 에쎄 골드, 에쎄 순, 에쎄 원, 에쎄 0.5 등등.

덕분에 애연가들은 잠시 즐겁다. 어떤 맛의 담배를 고를까 행복한(?) 고민에 휩싸이는 동안 담배 진열대는 말 그대로 각축장이 되어간다. 담뱃가게의 진열대 공간은 한정되어 있고 신종 담배는 하루가 멀다 하고 쏟아지고 있으니 서로 좋은 자리를 차지하려고 담배회사와 공급업체들끼리 눈에 보이지 않는 치열한 자리싸움을 벌이는 것이다.

한쪽에서 치열하게 판매 경쟁을 벌이는 동안 또 한쪽에선 담배의 해악을 알리는 광고가 급증하고 있다. 광고와 더불어 금연 구역도 해가 다르게 늘어간다. 껌이나 패치 같은 금연 보조제도 눈에 띄게 늘었다. 담배의 종류가 많아지면서 금연 보조제의 종류도 함께 늘어가는 이 모순적인 현상을 어떻게 받아들여야 할까?

『마이크로트렌드』의 저자 마크 펜과 키니 젤리슨

이라면 아마도 이렇게 대답하리라. 그것이 요즘의 추세라고. 무시할 수 없는 경향이면서 눈여겨봐야 할 사회적인 현상이라고. 서로 모순되는 것들이 공존하면서 잘게 분화되어 가는 이러한 흐름을 저자들은 '마이크로트렌드 microtrends'라는 말로 요약한다.

세계는 이제 한두 개의 단일한 원리로 설명이 되지 않는다. 세상을 한눈에 조망할 수 있는 거대한 시선은 요즘처럼 복잡다단한 시대에 어울리지도 않을뿐더러 유용하지도 않다는 게 그들의 주장이다. 건강식품과 다이어트에 대한 관심이 그 어느 때보다 높은 반면 패스트푸드점과 스테이크하우스의 매출액도 꾸준히 증가하는 이유, 인터넷과 컴퓨터게임에 푹 빠진 미국의 10대들 사이에서 조용히 뜨개질하는 아이들이 늘고 있는 이유, 폭스뉴스가 시청률 1위를 달리고 있는 가운데 뉴스 보도의 대부분이 반전운동으로 채워지고 있는 이유, 언뜻 앞뒤가 안 맞아 보이는 이런 사례들의 배경으로 저자들은 마이크로트렌드를 지목한다.

마이크로트렌드는 서로 모순되는 사례나 희귀한 경향들을 일목요연하게 정리하기 위해서 만들어진 용어가 아니다. 그런 것은 과거의 거대담론이나 메가트렌드 megatrends의 몫이었고, 그래서 예전에나 맞아떨어지는 굵직한 얘기들이었다. 지금은 저마다의 경향을 다 다르게 짚어보는 눈이 필요하다.

　　세계는 이제 좀 더 많은 소수를 좀 더 세심하게 들여다보는 확대경이나 현미경을 필요로 한다. 혹은 좀 더 많은 모순을 좀 더 다각적으로 바라보는 겹눈을 요구한다. 여기서 질문 하나. 저자들은 왜 큰 것보다 작은 것에, 다수보다 소수의 경향에 더 민감하게 반응하는가? 기껏해야 전체에서 몇 퍼센트밖에 점유하지 못하는 경향들에 촉수를 세우는 것일까?

　　　　사실 어떤 트렌드가 1퍼센트의 인구에 영향을
　　　　미칠 무렵이면 히트 영화나 베스트셀러 도서,
　　　　새로운 정치 운동 등이 태동할 준비가 갖춰지는
　　　　것이다. 개인 선택의 힘이 갈수록 정치와 종교,
　　　　연예 오락, 그리고 심지어 전쟁에까지 영향을
　　　　미치고 있다. 오늘날의 집단 사회에서는 특정
　　　　사안과 관련해 주류의 선택과 대립되는 선택에
　　　　헌신하는 사람들이 단 1퍼센트만 있어도 세상에
　　　　변화를 일으키는 운동을 창출할 수 있다.

　　　　　　　　　　　　　　　　p. — 16

　　여기서 1퍼센트는 단순히 백 명 중의 한 명을 대신하는 말이 아니다. 우리나라만 해도 거기에 해당하는 인구는 약 50만 명(미국이라면 3백만 명)이다. 전국 각지에 흩어져 있는 특정 성향의 지지자들이 한꺼번에 거리로 몰려나온다는 것을 상상해보라. 모든 경찰력을 동원해도 통제하기 힘든 사태가 벌어질 것이다. 그것이 무엇이든 특정한 트렌드로 얽혀 있는 소수들의 힘은 그래서 예사롭지 않다.

　　미국의 정계가 선거철만 되면 아시아와 히스패닉계 이주민들의 눈치를 보는 이유도 이 대목에서 짐작이 간다. 어느새 우리 사회의 두드러진 소수로 약진한 다문화가족의 2세들에게 우리가 좀 더 많은 관심과 애정을 가져야 하는 이유도 거기서 멀지 않다.

　　1퍼센트의 소수는 소수로만 그치는 것이 아니라 미래의 다수를 움직이는 결정적인 키를 쥐고 있을 가능성이 높다. 가능성은 달리 말하면 잠재성이다. 언제든지 현실화될 수 있는 잠재성이 어느 1퍼센트에나 있다는 말이다. 다만 그걸 발견할 수 있는 눈이 흔치 않을 뿐이다.

이제는
과학적 감수성이다

신의 시대에서
이성의 시대를 거쳐
급기야 과학기술의 시대로
접어든 것이
지난 20세기였다.

『21세기 知의 도전』
다치바나 다카시, 태선주 역

　　벌써 한물간 뉴스가 돼버린 듯한 미국의 이라크 침공과 바그다드 점령은 여러 면에서 우리를 생각하게 만든다. 미국이라는 문제와 전쟁이라는 문제와 권력이라는 문제와 궁극적으로는 인간이라는 문제를 다시 생각하게 만든다. 여러 가지로 생각하게 만들고 또 여러 가지로 절망하게 만들지만 현재 미국을 그토록 오만하게 만든 배경 중에 첨단의 과학기술이 숨어 있다는 사실만은 한 가지 생각으로 나를 내몬다.

　　"우리 시대는 과학 없이는 어떤 것도 해나갈 수 없는 시대가 됐고 동시에 과학이 과학만으로 끝나지 않는 시대가 됐다"라는 말은 『21세기 知의 도전』에서 다치바나 다카시가 했던 말이자, 요즘 정세를 보면서 내가 굳히게 된 생각이다. 온갖 과학기술이 녹아 있는 최첨단 무기 앞에서는 '성전聖戰'이라는 말도 이제는 무력하다. 신神 때문에 무기를 들고 신 때문에 전세를 역전시킬 수도 있던 시대가 이제는 무기 앞에서는 신도 투항할 수밖에 없는 시대로 바뀐 것이다. 이처럼 신의 시대에서 이성의 시대를 거쳐 급기야 과학기술의 시대로 접어든 것이 지난 20세기였다.

　　혹자는 이런 생각을 과학만능주의라고 비판할지도 모른다. 그러나 그런 비판도 컴퓨터를 통해서 인터넷을 통해서 쉽게 말해 과학과 기술을 통해서 전파되고 있고 전파될 수밖에 없는 형편이다. 비판도 맹신도 과학의 논리 안에서 놀고 있는 셈인데, 정작 문제는 그런 비판과 맹신이 나오게 된 배경에 과학기술에 대한 무지가 너무나 큰 무지가 놓여 있다는 사실이다. 뭘 알아야지 비판을 하든 찬성을 하든 제대로 할 것이 아닌가.

단순히 의지와 열망만으로 세계를 바꿀 수도 대항할 수 없다는 사실은 우리의 경우 벌써 100년도 더 전에 경험을 했었다. 동학농민 전쟁 때 토벌군(전력의 핵심은 일본군이었다)이 퍼붓는 총탄 앞에서 농민군이 내세운 무기는 고작 곡괭이 몇 자루와 총알도 피해간다는 '부적' 한 장이었다. 이걸로는 게임이 되지 않는다. 게임이 안 되는 건 100년도 더 지나서 지금의 반전 분위기에 편승하여 이른바 시께나 쓴다고 하는 사람들이 내놓은 '반전시집'에서도 마찬가지다. 심정적으로만 호소를 하고 있고 심정적으로만 반전과 반성을 촉구하고 있고 심정적으로만 인류가 바뀔 거라고 믿고 있다. 다시 말하지만 이걸로는 게임이 안 된다. 운동조차도 안 된다.

얼마 전 한 토론회에서 했던 말 중에 우리 시에서 가장 부족한 부분이 자연과학적 인식과 감수성이라고 한 적이 있는데, 이것은 비단 시에만 해당하는 문제가 아니다. 반전운동은 물론이고 갈수록 활발해지고 있는 환경운동과 생태운동, 그리고 현재와 미래를 걱정하는 모든 인식에서 이제는 빠질 수 없는 것이 자연과학적 인식과 감수성이다. 이걸 모르고서는 제대로 말할 자격이 없는 시대가 오고 있고 어떤 면에선 이미 왔다고 보고 있는 것이 다치바나 다카시의 생각이다.

　『21세기 知의 도전』은 "바이오테크놀러지가 잉태한 인간의 미래"라는 부제가 말해주듯이 여러 과학 분야 중에서도 특히 첨단생명공학에서 21세기의 미래를 찾고 있는 책이다. 아인슈타인으로 대표되는 20세기 과학기술의 혁명은 전반기가 물리학적 세계관이 지배했던 시대라면 후반기로 올수록 그걸 밑천으로 생물학적 세계관이 점점 더 중요해지는 시대였고 이러한 추세는 21세기 전반까지도 계속될 거라는 게 저자의 생각이다. 그래서 20세기가 아인슈타인의 상대성 이론을 증명하기 위한 시대였다면 21세기는 바이오의 세계라고까지 서슴없이 말하고 있다. 실제로 우리가 지금은 체감을 못 하고 있지만 생명공학 쪽의 발전은 게놈 프로젝트 완성과 복제아기 실험(성공 여부는 아직 증명되지 않았다)과 같은 소식에서도 알 수 있듯 우리의 일상생활 바로 직전까지 다가와 있다. 미처 충전하지 못한 휴대전화 배터리를 걱정하듯이 유전자 복제로 만들어진 팔다리나 뇌나 위장의 수명을 걱정하는 시대가 '곧' 올지도 모르는 것이다.

　문제는 그런 시대가 오느냐 오지 않느냐가 아니

라 그런 시대가 가능할지도 모르는 현재의 과학과 기술에 대해서 우리가 몰라도 너무 모른다는 사실이다. 여기에 대해 저자는 자신의 모국인 일본을 통해서 아주 구체적인 통계자료를 들어가면서 제시하고 있다. 그리고 그 통계자료는 지금의 우리나라에 대입해도 큰 차이가 나지 않는다. 우선은 대학생들이 과학에 무관심하고 그래서 무지하고 거기에 한술 더 떠 중고생들은 아예 이과를 기피하거나 포기하고 있고 좀 더 올라가서는 학자들의 논문 발표 수와 그 질에서 낙제를 면치 못하고 있는 실정은 우리나라뿐만 아니라 일본도 마찬가지라는 사실을 다행으로 여겨야 할까 불행으로 여겨야 할까. 아무튼 책 전반에 걸쳐서 과학과 그 과학이 미치는 인류의 미래에 대해서는 비교적 낙관적인 시선을 보내는 저자가 일본의 미래에 대해서는 지극히 암울한 표정을 짓고 있는 것도 이 때문이다. 이 책을 읽으면서 내 표정이 밝지 못했던 것도 사실은 이 때문이다.

　'극일'이라는 말과 함께 이제는 '극미'라는 말까지 나오고 있는 실정이지만, 그걸 떠받치는 든든한 기둥은 심정적인 의지만으로는 세워지지 않는다. 촛불시위나 반전시위를 하고 들어와서도 친척 중에 누군가 미국으로 유학 간다면 축하부터 해주는 게 지금의 우리 현실이 아닌가. 미국이라는 힘은 무기만으로 이루어진 게 아니라는 점에서 그리고 그걸 떠받치는 든든한 기둥이 과학기술이라는 점에서 우리가 정말 매진해야 할 것이 무엇인가를 다시 생각해보게 된다.

　　　한 나라에서 순수과학 논문의 숫자와 무기의 숫자는 이상하게도 비례관계에 있다. 그와 함께 무기를 억제하는 수준(전쟁을 반대하는 수준)도 멀지 않은 친척관계에 있다. 내가 한 권의 과학 교양서를 읽는 동안 우리나라는 이라크 파병을 앞두고 찬성과 반대 사이를 오락가락하고 있었다. 그러다가 결국엔 이도 저도 아닌 듯이 못 이긴 척 미국을 쫓아갔다. 우리가 한 명의 뛰어난 과학자를 배출하지 못하는 동안 우리는 앞으로도 숱한 전쟁에서 도덕적 양심과 현실적 국익이라는 말 사이를 오락가락하고 있을 것이다. 명색이 시인이면서 내가 반전시 하나 제대로 쓸 수 없는 이유도 여기에 있다. 내 나라와 내 모국어가 오락가락하고 있기 때문이다. 무엇보다 중심을 잡아줄 만한 과학적 인식이 턱없이 부족하기 때문이다. 인식이 없으면 감수성도 태어날 수 없다.

길 위에서 만나는
한 시인의 풍경

길 위에 서서 영원히
길을 떠나는 신세는
거의 체념에 가까운
인간의 숙명이다.

『길과 풍경과 시』
허만하

　　돌아보면 유난히 힘든 기억만 남는 때가 있다. 내게는 서른 살 무렵이 그랬다. 혼자서도 똑바로 서야 한다는 입신立身의 나이에 남길 만한 것이 시집 한 권 말고는 아무것도 없다는 자괴감과, 때마침 불어온 몇 가지 크고 작은 바람에 사람 하나가 뿌리째 휘청이던 시절이었다. 인생의 밑바닥이 빤히 내려다보이는 그 시기에 그래도 혼자서 마음을 달래며 읽었던 책이 허만하 시인의 산문집이었다. 밖에서 보면 걱정스러운 연락 두절의 시간이었겠지만 나는 나대로 조용한 위안을 찾고 있었던 셈이다.

　　그때 기억에 남는 한마디가 "나는 내 좌절을 사랑한다"는 말이었다. 2000년 출간된 산문집 『낙타는 십리 밖 물냄새를 맡는다』(솔)에 묻어 있던, 시력 40여 년의 설움과 좌절이 고스란히 녹아 있는 그 말에서 뜻밖에도 내가 얻었던 것은 힘 좋은 위로가 아니라 인생 자체를 굽어보는 일종의 체념과도 같은 것이었다. 커다란 체념은 한편으로 용기를 이끌어낸다. 혹자는 체념이 어떻게 용기를 불러올 수 있냐고 반문할지도 모른다. 그러나 말도 안 되는 이 역설이 또 인생이 아니고 무어겠는가. 말도 안 되는 죽음조차 서슴없이 목격되는 게 삶이라면 말도 안 되는 역설이 어쩌면 더 자연스러운 문법인지도 모를 일이다. 그것이 또 시의 길이다.

　　삶의 길과 시의 길과 때로는 예정에도 없이 떠나

는 나들이 길이 서로 다른 길이 아니라는 것은 시인의 다른 산문집 『길과 풍경과 시』에서도 한목소리로 나타난다. 그 길은 지극히 소박한 한 권의 책 읽기에서도 가능한 길이고 어느 볕 좋은 날 맞이하는 한 폭의 풍경에서도 묻어날 수 있는 길이다. 거창하게 어디로 가는가는 중요한 문제가 되지 않는다. 목적에 집착하면서 우리는 속도를 내게 된다. 속도를 내면서부터 우리는 순간순간의 소중한 풍경(체험)을 놓치고 만다. 늘 있어 왔던 말이지만 허만하 시인이 새삼 길 위에서의 '과정'을 중요하게 여기는 것도 이 때문이다.

여행은 목적지만을 목적으로 해서 가는 길이 아니다. 목적지까지 가는 과정 하나하나가 모두 여행의 일부다. 과정 자체가 하나의 목적이 되는 그 길에서 우리가 진정 만나는 것은 풍경이 아니라(경치는 더더욱 아니다) 순간순간 "낯선 풍경을 만나 깨어나는 자기의 모습"이다. 끝없이 풍경을 찾아가는 길이 실은 자기 내부의 가장 깊숙한 곳을 되짚어가는 길과 다르지 않음을 말하고 있는 것이다. 시인이 삶이라는 풍경을 보는 것도 그래서 마찬가지다. "낯선 것을 받아들여 낯설지 않은 친숙한 것으로 만들어가는 과정"이 곧 삶인 것이다.

그리고 오래 머문 자리에서 정이 묻어날 무렵 우리는 또 길을 떠난다. 이곳은 언제나 떠나야 할 장소이고

시간이고 그것을 미련 없이 받아들일 줄 아는 이가 또 시
인이다. 어디 시인뿐이겠는가. 길 위에 서서 영원히 길을
떠나는 신세는 거의 체념에 가까운 인간의 숙명이다. 가
다가 멈추는 곳이 곧 종착점이고 곧 한 사람의 죽음인 것
이다. 그때까지 끊임없이 이별을 해나가는 운명, 그 운명
이 노려보아야 하는 것이 무엇인지는 이제 명확하다. 그
것은 행복이다. 나날이 주는 너무나 평범한 일상 속의 행
복이다. 산문집의 마지막에 허만하 시인이 힘주어 말했
던 부분을 옮겨본다.

> 행복이란 특별한 것이 아니다. 그것은 일상
> 속에서 평범한 모습을 띠고 있다. 행복은 그것을
> 알아보는 마음씨를 가진 정신에게 자기를
> 보여준다. 그런 면에서 그것은 풍경과 같다.(⋯)
> 행복은 저쪽에서 찾아오는 색다른 사건이 아니라
> 나날의 평범한 시간 안에서 우리가 찾아내야
> 하는 과제다.

p. — 293

　　첨단에 있는 서구의 지성에서부터 지금은 소멸하
고 없는 황룡사 쓸쓸한 절터에 이르기까지 그 정신이 꿰
뚫고 가는 궤적은 너무나 방대하지만 또한 너무나 소박

한 결론에 이른다. 바로 '가족'이라는 말이다. 공교롭게도 내가 최근에 발견한 단어도 '가족'이라는 말이다. 어떤 위대한 사상도 가족이라는 울타리를 넘어서지는 못한다. 어떤 냉철한 지성도 가족의 죽음 앞에서는 속절없이 엎어지고 오열하는 법이다. 온 우주를 담아내고도 모자라는 울음이 가족에게는 있다. 어머니와 아버지와 아내와 남편과 아들과 딸의 풍경이 없는 사상을 그래서 나는 신뢰하지 않는 편이다. 그런 사상에는 결정적으로 울음이 없다. 나날의 사소한 행복도 빠지고 없다. 산문집 말미에 보이는 가족의 풍경이 그래서 나는 더없이 반갑고 고마운 것이다.

한 가지 덧붙이고 싶은 것이 있다. 나처럼 풍경보다는 영상에, 사색보다는 감각에 길들어 온 젊은 세대들에게(특히나 시 쓰는 친구들에게) 이 책을 꼭 읽어보라고 권하고 싶다. 산문집을 수놓는 풍경의 스펙트럼은 사실 절반 가까이 시에 관한 시인의 시론으로 빛나고 있다. 고전에서 현대에 이르기까지 동서를 망라한 시론을 한 권의 부드러운 산문집으로 만난다는 것은 그리 흔한 인연이 아니다. 한 권의 책 읽기를 낯선 나들이 길에 비유한 것은 허만하 시인 자신이지만 그 자신이 스스로 풍경이 되어 기다리고 있는 것이다.

풍경은 영상과는 다르다. 가만히 앉아서도 안방

까지 제 눈앞까지 찾아오는 것이 영상이라면, 풍경은 직
접 찾아서 나서야 하는 길 위에 있다. 그 길이 반드시 편
안함을 제공하지는 않듯 이 책에 드리워진 한 시인의 오
래된 풍경을 찾아가는 것도 많은 인내와 수련을 요구하
는 길 위에 있다. 역시나 과정이 강조되는 그 길은 오랜
시간 쌓이고 쌓인 한 사람의 '문화'를 만나러 가는 길이기
도 하다. 그리고 문화는 하루아침에 단박에 확인되는 광
경이 아니다. 나는 이제 겨우 한 번을 둘러보았을 뿐이
다. 시가 끊임없는 수련의 결과라는 말이 결코 편치 않은
아침이다.

일본 시인이 쓴
한국 시집

세계와 모국어 사이,
세계시민과
민족시인 사이에서
끊임없이 갈등하는 존재가
곧 시인이 아닐까.

『입국』
사이토 마리코

여기 와서 나는 또 많은 책을 샀다. 나무 밑에서
책을 읽으면 잎사귀 사이로 비치는 햇볕
모양대로 생각이 흩어져 간다. 한 권의 책은 많은
나뭇잎들의 역사로 가득 차 있다. 말을 잃어버릴
때야 침묵은 어느 나라 말도 아니며 어느 나라
말이기도 하다는 것을 처음 알게 된다.// 한 券의
말이 한 그루 나무의 삶과 어울릴 줄 안다면 어느
나라 말이라도 좋다.

p. ― 46, 47

1993년 민음사에서 나온 『입국』이라는 시집에서
뽑아본 구절이다. 시인의 이름은 사이토 마리코齋藤眞理子.
일본인이 썼다고 해서 번역 시라고 생각하기 쉽지만, 아
니다. 10년을 넘게 한국어를 배워서 쓴 엄연한 한국 시이
다. 게다가 우리나라 굴지의 문학 출판사에서 당당히 시
인선 번호를 붙이고 나올 만큼, 한국어로 성취할 수 있는
문학성도 충분히 담보하고 있는 시집이다.

　　일본에서 이미 시인으로 활동 중이던 그가 어떤
이유로 한국어를 배우게 됐는지 어떻게 한국으로 오게
되었는지(지금은 돌아가고 없다), 그게 계속 궁금하지만
명확한 이유는 시집 어디에도 나와 있지 않다. 궁금하지
만 보다 중요한 것은 다른 데 있다. 바로 이 시집이다. 시

집은 크게 산문시로 된 시편들과 행갈이가 된 시편들로 나뉘는데, 흥미로운 점은 수작의 대부분이 산문시로 된 작품이었다는 사실이다.

해설을 맡은 이경호 평론가의 말대로 아무리 어순이 똑같고 문법이 비슷한 언어를 쓰는 나라에서 온 시인이지만, 우리말 고유의 리듬이 필연적으로 작용하는 행갈이 시보다는 산문시에서 좀 더 편안함을 느끼며 썼을 것이고 당연히 작품성에서 우세한 것도 그 편안함을 앞세운 산문시에서 더 많이 나왔을 것이다. 내가 외국인이었다 해도 그랬을 것이다. 모국어는 모국어의 리듬은 공부한다고 체득되는 게 아니므로, 말 그대로 어머니 땅에서 나고 자랄 때만이 흡수 가능한 것이므로.

새삼스럽지만, 우리에게 모국어는 영어도 아니고 불어도 아니고 일어도 아니다. 심지어 한국어도 아니다 (한국어와 모국어의 차이, 이것은 어머니뻘과 어머니의 차이만큼이나 아득하다). 외국어나 한국어는 버릴 수도 있는 개념이지만 모국어라는 개념은, 그래서 어머니라는 개념은 개념 이전의 것이고 따라서 이건 버리고 붙잡고의 개념 문제가 아니다. 모든 시인이 필연적으로 민족시인일 수밖에 없는 이유도 여기에 있다. 한 시인이 어떤 시를 쓰든지 간에 그 시를 마지막으로 감당해주는 것은 다름 아닌 모국어이기 때문이다.

모든 시인은 또한 세계시민을 꿈꾼다. 반전 시집을 내는 것도 국적이 다른 시인끼리 모여서 한목소리를 내는 것도 그래서 가능한 일이다. 그러고 보면 세계와 모국어 사이, 세계시민과 민족시인 사이에서 끊임없이 갈등하는 존재가 곧 시인이 아닐까, 그 사이사이에서 고통스럽게 자신의 말을 찾아가는 게 어쩌면 시인의 숙명이 아닐까 하는 생각도 해보았다. 시집 『입국』은 그런 점에서 드물게 소중한 체험으로 내게 왔다.

왜 아직
김수영인가?

그가 말하는 여유는
가만히 앉아서 기다리는
여유가 아니다.

『김수영 전집 2-산문』
김수영

왜, 아직 김수영인가? 어느 평론가가 김수영에 대한 최근의 과잉 연구를 비꼬면서 한 말이다. 물론 김수영보다는 과잉 연구에, 과잉 연구보다는 논문 숫자만 불리는 최근의 안이한 연구 태도에 더 불만을 두고 한 지적이다. 죽은 지 한 세대가 지나도록 김수영을 기존의 김수영에게만 머물러 있게 하는 논문이 아직도 버젓이 나오고있는 게 사실이고 보면 충분히 일리가 있는 발언인 셈이다. 이걸 곱씹으면서 김수영 전집(민음사)을 다시 읽었다. 전집 중에서도 제2권(산문)을 다시 읽었다.

소소한 생활문부터 도무지 타협을 모르는 시론時論, 아직도 자유를 부르짖는 시론詩論에 이르기까지 그는 도대체가 우회의 길을 모른다. 처음부터 끝까지 오로지 '직선의 산문가'였던 것이다. 그런 그를 보다가 요즘에 나오는 어떤 시들을 보면 우선 갑갑함부터 느낀다. 왜 그럴까? 실패를 모르는 시들이기 때문일 것이다. 그 말은 도전 의식이 부족하다는 말도 된다.

알다시피 도전과 실패는 청년들의 특권이다. 청년이 아니고서는 다시 겪을 수 없는 소중한 경험들인 것이다. 미리부터 잘 다듬어진 시는 그런 도전과 실패를 할 틈이 없다. 김수영이 "50이 다 되도록 갓 스물의 청정한 젊음"을 유지하려 했던 것도 따지고 보면 그 틈을 벌기 위한 노력이고 발악이었다. 축구에서는 그렇게도 열정적인 친구들이 왜 시에서는 하나같이, 샌님같이 얌전한지 그 이유를 모르겠다. 그리고 이건 비단 시에만 해당하는 문제가 아닐 것이다.

책 중간중간에 간간이 생활에서의 여유를 강조하고 있지만, 그가 말하는 여유는 가만히 앉아서 기다리는 여유가 아니다. "풍경을 볼 때도 바쁘게 보는 풍경이 좋다"라는 그의 말은 전쟁의 한가운데서 오는 여유다. 달리 말하면 열정의 한가운데서 오는 여유다. 그리고 그 여유는 낙후한 나라에서 낙후한 시대를 살다 간 한 지식인의 설움과 겹쳐 있다. 그래서 그는 대책 없이 '앞섰다'라는 말 대신 솔직하게 그리고 확고하게 '뒤떨어졌다'라는 말을 사용한다.

앞뒤 가리지 않고 무조건 우리가 최고라는 식의 억지만으로는 냉혹한 시대를 버텨낼 수가 없다. 솔직하게 뒤떨어진 부분은 뒤떨어졌다고 말하는 냉철한 용기가 필요한 것이다. "오늘날 우리의 시가 세계적인 시야에서 보충되어야 할 공백지대는 지성의 작업"이라는 그의 말은 당시에만 적용되는 문제가 아니다. 그때의 시뿐만 아니라 30년을 더 흘러서 지금의 많은 상황이 그렇지 않은가. 대충대충 넘겨버리고 덮어두는 버릇은 아직도 여전하다. 부끄럽고 민망하더라도 하나하나 일일이 드러내는 작업이 선행되어야만 그가 했던 "전통은 아무리 더러운

전통이라도 좋다"라는 말을 비로소 오해 없이 받아들일
수 있는 것이다.

　왜, 아직 김수영인가? 그것은 30년도 더 전에 김
수영이 제기했던 문제들에서 우리가 아직도 자유롭지
못하기 때문이다. 우리 앞에 좀 더 많은 설움과 좀 더 많
은 반성이 남아 있기 때문이다. 그걸 제대로 통과하지 않
고서는 왜, 아직 김수영인가라는 질문 또한 사라지지 않
을 것이다.

청록집
재출간의 의미

나는 이상하게
'한림 생림'이 더 끌리고
자주 혀끝을 오르내렸다.

　　고향인 부산을 벗어나 한동안 도피하듯이 지냈던 곳이 김해였다. 부산과 지척에 있으면서도 부산과는 또 다른 풍경과 생활을 간직한 곳, 행정구역상으로 분명 도시이지만 부산처럼 그렇게 부산하지도 번잡하지도 않았던 김해에서 맨 먼저 눈에 들어온 것이 무엇이었을까. 아무래도 자연이 아니었을까.

　　김해에서도 한적한 동네와 야산을 돌아다니면서 전에 보지 못한 풀과 나무와 꽃을 보기도 하면서 한여름이 가고 가을이 가고 또 겨울이 갔다. 더울 때는 더운 마음으로 추울 때는 추운 몸으로 이곳저곳을 돌아다니던 그 무렵 이상하게 혀끝을 맴도는 지명 하나가 있었다.

　　내가 사는 동네에서 산 하나를 넘어가면 나오는 곳, 이름하여 한림 생림. 이름에서 짐작이 가듯 마치 쌍둥이처럼 따라붙는 그 지명은 사실 두 곳을 포괄한 이름이며 그것을 읽는 순서에는 특별한 원칙이 없다. '한림 생림'이어도 좋고 '생림 한림'이어도 좋지만, 나는 이상하게 '한림 생림'이 더 끌리고 자주 혀끝을 오르내렸다. 왜 그랬을까?

　　말에 조금이라도 민감한 사람이라면 굳이 우리말의 까다로운 음운원리를 들이대지 않고서도 말할 것이다. '그냥 느낌이 좋잖아. 혀에서 굴러가는 느낌이.' 그래, 혀에서 빠져나가는 느낌이 좋은 소리는 귓속을 간질이며 들어오는 느낌도 좋다. 그리고 그런 느낌을 최고조로 끌어올려서 쓰는 글이 곧 시가 되던 때가 있었다. 아마도 시가 음악에 가장 가까워지는 순간을 기념하는 시들, 단어 하나 소리 하나가 음표를 가지는 그 시들의 주인공으로 우리 시사詩史는 소월과 영랑을 기억하고 있으며 또한 청록파를 잊지 않고 거론한다.

박목월, 조지훈, 박두진 세 사람으로 지칭되는 청록파의 시 세계가 말의 가락이랄까 음악성만으로 다 파악될 리는 만무하겠지만, 한 가지는 지적할 수 있을 것 같다. 그들 시에 묻어나는 단순하면서도 섬세한 리듬감은 당대는 물론이고 여러 세대가 지난 지금까지도 그들 시를 특징 지어주는 중요한 요소라는 점이다. 그 리듬감은 가령 이런 것이다.

"산지기 외딴집/ 눈먼 처녀사// 문설주에 귀 대이고/ 엿듣고 있다"(박목월, 「윤사월」), "초마 끝에 곱게 감춘 운혜 당혜"(조지훈, 「고풍의상」) 같은 구절에서 우리는 우리가 무심코 부려 먹던 말을 다시 곱씹어보고 저울질하는 광경을 만나게 된다. 우선 "귀 대이고/ 엿듣고 있다"라는 구절을 보자. '귀 대고'에 '이' 하나가 들어갔을 뿐이지만, 그것을 읽는 맛은 전혀 달라진다. 자칫 딱딱해지기 쉬운 어미 '-고'의 반복을 완충하면서 부드럽게 넘어가는 몫을 바로 '이'가 담당한다. 뒤에 나오는 '운혜 당혜'

는 어떤가? 그 순서를 뒤바꿔 읽어도 무방한 단어들인
가? 읽어보면 아니라는 느낌이 먼저 들 것이다. 마치 '한
림 생림'처럼.

　　1946년 초판본이 출간되고 꼭 60년 만에 같은 출
판사(을유문화사)에서 재출간된 '청록집'을 읽는 의의도
이런 말의 부림을 음미하는 것에서 크게 벗어나지 않는
다. "자연에의 귀의와 친화를 공통적으로 담고 있"으면서
"해방 이전의 순수시와 전후의 전통 서정시를 잇는 중요
한 연결고리 역할"(김기중)을 했다는, 세간의 지적과는
별개로 청록집을 대하는 나의 관심은 말을 부리는 차원
이상도 이하도 아닌 지점에 머무른다. 그들의 자연 친화
적인 사상도 따지고 보면 극도로 말을 아껴서 쓰고 다듬
는 시작 방식(박두진은 조금 예외이지만)과 깊은 관련이
있기 때문이다.

　　현실을 슬쩍 비켜나거나 벗어난 듯한 청록파의 시
는 당연히 산문적이고 투쟁적인 말과 어울리기 힘들다.
조용하면서도 아름다운 모국어의 향연은 해방 직후라
는 혼탁한 상황과 어울리지 않는 공간에서 탄생한다. 그
들 시의 가장 큰 성과이자 한계로 손꼽히는 '자연회귀=현
실도피'라는 등식은 그러나 그다지 중요한 문제가 아닐
지도 모른다. 더 중요한 것은 의의든 한계든 역사적인 사
실과 문학사적인 기록을 너무나 쉽게 잊어버리는 우리의

현실에 있는지도 모른다. 지나간 것은 무조건 덮어버리고 잊어버리는 게 미덕처럼 남아 있는 이상한 습속을 꿰뚫고 반성하는 기회로 청록집 재출간의 의미를 나름대로 새겨본다.

경사에 가까운 소식에 아쉬운 점도 있다. 청록집 재출간을 전후로 두 달 가까이 호들갑스러운 관심을 보이던 주요 언론매체들이 이념과 경향이 다른 문학사적 업적에 대해서도 그토록 많은 지면과 방송 시간을 할애했을지는 여전히 의문스럽다. 우리는 잊어먹기도 잘하지만 편식도 심하게 잘하기 때문이다.

○○○을
꼭 읽어야 하나요?

무언가를 싫어해서
밀어내는 것도
자신의 예술을 지탱하는
중요한 터전이 될 수 있다.

　　시인이나 작가를 꿈꾸는 학생들을 상대로 문학 수업을 하다 보면 가끔 이런 질문을 받는다. 쉬는 시간에 직접 찾아와서 묻기도 하고, 나중에 메일로 대신하기도 하는 그 질문은 가령 이런 것이다. "○○○을 꼭 읽어야 하나요?"

　　○○○ 자리엔 우리가 익히 아는 문인들 이름이 들어간다. 익히 알 정도로 유명하면서 한편으로 뭔가 문제가 있거나 논란이 되는 문인들이 저 자리를 채우는데, 저마다 성향과 기질이 다르듯이 문제로 지적받는 지점도 저마다 다르다. 어떤 시인은 친일 행적이 문제가 되고, 어떤 작가는 독단과 아집으로 굳어버린 정치색이 문제이며, 또 어떤 이들은 성폭력으로 얼룩진 행실이 돌이킬 수 없는 과오로 지적된다.

　　개개인의 문학적인 성취와 별개로 도저히 곁에 두고 읽을 수 없는 거부감이 먼저 생기는 탓에, 이들의 작품을 꼭 읽어야 하느냐는 질문이 나오는 것일 게다. 그 시인 시 좋아, 그 작가 작품 정말 좋아, 이런 소리를 아무리 많이 듣더라도 한번 생기기 시작한 거부감은 웬만해선 가라앉지 않는다. 비위가 상해서라도 더는 읽을 수 없는 시인이고 작가이고 또 작품들인데, 마치 필독서나 되는 양 자꾸 읽을 것을 권하는 분위기가 조성되는 것이 혼란스럽기도 하고 못마땅하기도 하여 또 저런 질문이 나오는 것일 게다.

질문을 받을 때마다 나는 곤혹스럽다. 내가 무슨 대단한 판관이라고 누군가의 작품을 읽어도 된다, 안 된다를 함부로 말할 수 있겠는가? 그럼에도 저런 질문을 반복해서 접촉하다 보니 어느 순간 내성 비슷한 것이 생겨버렸다. 적절하게 대처할 수 있는 의견 하나가 생겼다는 말이다. 의견은 단순하다. 그래서 대답도 아주 단순하게 시작한다.

"○○○ 작품, 꼭 읽을 필요 없습니다." 이어서 이런 말을 덧붙인다. "○○○뿐만 아니라 누구의 작품도 반드시 읽어야 할 이유는 없습니다." 실제로 동서고금의 어느 작가, 어느 시인의 작품도 반드시 읽어야 한다는 법칙이나 규칙 같은 것은 없다. 어차피 우리는 이 세상에 나온 모든 작가의 작품을 다 읽지 못한다. 평범한 작품은 물론이고 고전이나 정전에 오른 작품도 다 읽지 못하기는 마찬가지다. 시인이나 작가가 되기 위해서 반드시 읽어야 할 필독서처럼 소개되는 작품 역시 다 읽지 못한 채로 창작을 해나가고 문학을 해나간다. 심지어 아주 잘해나가기도 한다.

그러고 보면 자신의 문학 세계를 다져나가는 데 있어서 타인의 작품을 열심히 읽고 흡수하는 것만이 능사는 아닌 것 같다. 때로는 정반대의 길도 가능하다. 타인의 작품을 적극적으로 거부하고 부정하는 방식으로도 얼마든지 자신의 작품 세계를 다져나갈 수 있다. 싫어하는 누군가의 작품을 배제하고서도 얼마든지 자신만의 색깔을 낼 수 있는 곳이 또한 문학의 장이다.

　어디 문학뿐일까. 좋아하는 작가의 작품을 열렬히 좋아하는 것과 마찬가지로 싫어하는 작가와 작품을 극렬히 싫어하는 방식으로 자신의 예술을 찾아가는 사례는 다른 예술 장르에서도 어렵지 않게 만날 수 있다. 무언가를 좋아해서 흡수하는 것도 소중한 자양분이 되지만, 무언가를 싫어해서 밀어내는 것도 자신의 예술을 지탱하는 중요한 터전이 될 수 있다는 말이다.

　그렇다면 '○○○을 꼭 읽어야 하는가?' 같은 질문 앞에서 새삼 고민할 필요가 없어진다. 어쩌면 제기할 필요조차 없는 질문인지도 모른다. 누군가의 문학을 꼭 읽어야 할 절대적인 기준이 없다면, 남는 것은 자신의 기준이고 관점이고 또 신념이다. 다만 그러한 신념이 어떤 선입견이나 고정관념에서 나온 것은 아닌지 의심해보는 것도 자신의 몫이다.

　가령 누군가의 작품을 좋다고 여긴다면, 그것이 온전히 나의 판단에서 나온 것인지, 남들이 좋다고 하니까 나도 그렇게 생각하는 것은 아닌지 한 번쯤 자문自問해 보는 시간이 필요하다. 반대로 누군가의 작품을 멀리하고 싶은 경우에도 자신에게 질문하는 시간은 꼭 필요하다. 나는 왜 ○○○의 작품을 읽는 것을 주저하는지, 혹은 기피하는지 질문을 이어가는 끝에 어쩌면 자신이 원하던 해답을 찾을지도 모르겠다.

"절대 존재는
기각되면서 가까스로 표면화된다.
바람 한 점에도 휩쓸려가는 먼지처럼
겨우 붙들려 있는 존재,
그것이 인간의 신이며,
인간이 꿈꾸는 총체성의 전말이 아닐까.
결국에는
'나와 다른 것'을 감당하기 위한."

———————————————

3부

우리는 모순으로 인해
비옥해진다

나는
왜 먼지인가?

나는 '없는 것'이 두려워서
'겨우 있는 것'을
자꾸 본다.

『먼지』
한나 홈스, 이경아 역

어떤 시인에겐 필생의 이미지가 있다. 필생의 이미지라? 달리 말하면 태생적으로 따라붙는 이미지. 그리하여 평생을 쫓아다니는 이미지. 아무리 바꿔 생각해봐도 그 자리를 맴도는 이미지. 시인은 이미지로 사유한다는 말을 누가 했던가? 다시 생각해봐도 떠오르는 것은 기억이 아니라 다시 이미지. 내 필생의 이미지. 나의 날개이자 발목일 수밖에 없는 이미지. 나를 날아오르게 하는 동시에 붙들어 매고 있는 이미지. 그것이 무얼까?

그것은 묻기도 전에 대답한다. 이미지로서, 꿈에도 나타나고 걸으면서도 떠오르는 것. 그것은 죽음. 그것은 부재. 그리하여 보이지 않음. 그것은 영원히 안 보이는 곳에서 손짓한다. 나 여기 있다고. 시인은 안 보이는 것을 보이게 한다고 또 누가 말했던가? 기억하기도 전에 떠오르는 자리에 누구보다 먼저 공기가 들어찬다. 희박해도 좋고 충만해도 어쩔 수 없는 공기가 에워싼다. 멀리서 아니 가까이서. 공기가 아니면 연기가 손짓한다. 저기 희미하게 쌓인 먼지는 보이느냐고. 공기가 뭉치고 뭉쳐 겨우 만져지는 것들.

나는 '없는 것'이 두려워서 '겨우 있는 것'을 자꾸 본다. 그것은 공기. 그것은 연기. 기껏해야 먼지. 공기나 연기, 아니면 먼지에 눈길이 가듯 내 손길이 먼저 가서 붙잡은 책. 그것은 『먼지』. 원래 제목은 'The Secret Life of

Dust'. 한나 홈스라는 과학과 자연사 전문작가가 쓴 책. "모든 것의 기원이자 모든 것의 마지막"을 장식하는 먼지는 그리하여 세상의 모든 것을 담고 있다고 저자는 말한다. "먼 우주에서 날아온 자연의 전령"이자 "지상에서 가장 작은 존재의 커다란 비밀". 먼지는 너무 많은 정보를 담고 있다. 먼지에 대해 이 책이 거의 모든 정보를 담아내려고 애쓴 것처럼.

나는 그 정보에 무관심하다. 먼지가 숨기고 있는 우주의 기원, 먼지가 감추고 있는 인간의 후생, 먼지가 일으키고 있는 온갖 질병과 아마존의 숱한 생명들까지 이 책은 구석구석을 파고들며 먼지의 비밀을 폭로하지만 나는 그 내막에 대체로 무관심하다. 책을 읽으면서 밑줄 그은 곳이 거의 없다. 아주 깔끔하게 넘어간 듯한 이 책에서 내가 버릴 수 없는 구절은 다시 먼지처럼 살아나서 올라온다. 이미지로서.

먼지에 대해 드넓은 정보를 담고 있는 책에서 이미지로 살아남은 몇 구절을 변주해서 옮긴다. '앞날이 창창한 먼지', '그리하여 야심이 많은 먼지', '그럼에도 낙오하는 먼지', '50만 년 전 눈송이로 떨어진 먼지'. 태양계 내부로 진입할 때 먼지와 더불어 여행하는 혜성처럼 나 역시 먼지와 더불어 걸어 다닌다. 돌아다니기도 하고 앉아 있기도 하고 누워서도 먼지의 호흡을 한다. 먼지는 이미

나의 생활이며 나 자신이다. 나의 기원이자 궁극적인 미
래에서 먼지는 날아와서 나를 데리고 간다. 미래처럼 까
마득한 과거로. 무엇보다 이미지로서. 당연하지만 풀리
지 않는 신비를 앞에 두고서 나는 대답하기도 전에 또 묻
는다. 나는 왜 먼지인가? 먼지에 달라붙어 있는가?

사실상
침묵하고 있다

문학의 언어는
부재를 부재 자체로
체험하라고 요구한다.

『모리스 블랑쇼 침묵에 다가가기』
울리히 하세·윌리엄 라지, 최영석 역

사실상 침묵하고 있다. 일상에서 문학에서 사실상 모든 일에서 침묵하고 있다. 누가 침묵하고 있는가? 아니면 무엇이 침묵하고 있는가? 일단은 '나'라고 해두자. '나'라는 지시어가 겨우 지칭하는 그것은 일상에서도 많은 말을 하고 있고 문학에서도 여전히 많은 말을 듣고 있고 또 쓰고 있지만, 더는 새로운 말을 삼키지도 뱉지도 못하고 있는 상태, 있어도 그만 없어도 그만인 지지부진한 상태를 반복하고 있다. 말하자면 답보 상태, 달리 말하면 지리멸렬한 상태.

사실상 침묵하고 있다. '나'라는 지시어를 굳이 동원하지 않더라도 침묵하고 있는 것은 또 있다. 더는 새로운 것이 있는가 없는가를 새삼 들먹일 필요도 없이 여전하게 침묵하고 있는 것이 있다. 그것이 무얼까? 어쩌면 시. 어쩌면 문학. 어쩌면 인간. 어쩌면 존재하는 모든 것일 수도 있는 그 무엇의 상태는 여전히 침묵하고 있다. 침묵을 반복하고 있다. 사실상.

침묵을 떠올리면서 함께 떠올리는 책. 그 책을 얘기하면서 나는 다시 침묵을 깨뜨린다. 그래봤자 침묵에서 몇 걸음 나가지 못하는 상태로 다시 침묵을 들먹일 테지만. '침묵' 하면 떠오르는 그 책은 모리스 블랑쇼에 대한 책이다. 『모리스 블랑쇼 침묵에 다가가기』(이하 『침묵』)라는 제목으로 번역되어 나온 그 책을 내가 처음 읽은 건

2010년 겨울이 끝나갈 무렵 석사학위 논문을 준비하면서다.

　석사학위 논문이라고 하지만 내 작품에 대해서 내가 이론을 세워서 내가 분석해야 하는 이상한 글쓰기였는데, 학위를 위해서 부득이 써야 했던 그 글쓰기에 대한 지도교수님의 조언 중에 들어 있던 이름이 다름 아닌 모리스 블랑쇼였다. 모리스 블랑쇼의 사유가 나의 시를 분석하고 해명하는 데 도움이 될 거라는 그 조언은 틀리지 않았다. 실제로 이론적인 틀을 잡고 논문을 써나가는 데 적잖은 도움을 주었으니 말이다. 다만 논문을 쓸 당시만 해도 국내에 번역된 모리스 블랑쇼의 저서가 드물어서 상당 부분 『침묵』과 같은 2차 텍스트에 기대어 그의 사유를 이해할 수밖에 없는 점이 아쉬웠다. 비록 2차 텍스트를 통해서 받아들이긴 했으나 문학과 예술과 윤리에 대해 그가 펼쳐놓은 방대한 사유의 흔적은, 내 시에 대해 다른 사람의 이론으로 내가 분석하는 이상한 글쓰기의 경험과 별개로 구석구석 곱씹어볼 대목이 많다.

　우선은 죽음에 대해서. 그리고 죽음의 사유에 대해서. 살아 있는 생명이면 무엇이든 맞이하게 될 이 종말의 시간에 대해 오로지 인간만이 고민하고 또 사유한다. 블랑쇼는 죽음과 인간 사유의 긴밀한 관계에 대해 "우리가 죽는다고 생각하는 한 죽음과 사유는 가까이에 있다.

우리가 죽어가고 있다면, 생각은 우리를 떠난다. 모든 사유는 죽음에 이른다. 모든 사유는 최후의 사유"라고 파악한다. 이처럼 인간의 사유는 근원적으로 죽음과 불가분의 관계에 있지만, 한편으로 죽음은 사유의 일차적인 출처인 '나'를 익명적이고 비인칭적인 존재로 만들어버린다. 현실에서는 '내'가 죽는 것이 아니라 '어느 누군가'가 죽을 뿐이며, 따라서 죽음 앞에서는 어떤 주체도 익명화되고 타자화될 수밖에 없다. 죽음은 죽음만 남고 모든 주체를, 나머지 모든 주체의 가능성을 말소해버리는 것이다.

　　인간 주체의 입장에서 완벽한 부재의 세계인 '죽음'은 공교롭게도 인간 의식의 정점을 차지하고 있는 언어 공간에서도 유사한 구조로 되풀이된다. 실제로 블랑쇼에게 언어는 텅 빈 공간과 다름없는 곳이다. 누군가 '텅 빈 중심'(박준상)이라고 일컬었던 그 공간에서는, 언어의 지시 대상인 사물은 물론이고 사물을 대체하는 개념도 부재하는 상태로 현존한다. 블랑쇼에 따르면, 정보 교환을 우선시하는 일상어가 그러한 부재를 감추면서 언어의 지시성에 충실하려는 반면(그렇지 않으면 일상이 영위될 수 없다), 문학의 언어는 부재를 부재 자체로 체험하라고 요구한다(그렇지 않으면 문학이 들어설 자리가 없다). 말하자면 문학의 언어는 언어 고유의 부재성을 회피하는 것이 아니라 대면하고 천착하는 방식으로 언어의 본질을 환기한다.

한편 문학에서의 언어는 사물과 개념뿐만 아니라 언어 주체와 언어 자신까지도 부재하는 상태를 일깨운다. 사물에 대해 일시적으로 지시된 개념은 다시 다른 개념에 의해 지시될 수밖에 없는 상태를 무한 반복하는데, 이러한 개념들의 끝없는 연쇄는 언어 주체와 언어 자신조차도 개념으로 포괄하며 그것들의 직접적인 현존을 부정하기 때문이다. 이처럼 언어는 개념들의 끝없는 연쇄 속에서 개념이 부재하는 상태를 무한 반복하기에 언어의 공간은 부재의 공간이자 부재로 충만한 공간이다.

그러한 언어 내부의 부재를 부재 자체로 일깨우는 문학의 언어는 특히 시의 언어에서 두드러지는 특징을 보인다. "시어의 모든 영예는 자신의 부재 안에서 모든 것의 부재를 환기"하는 데 있기 때문이다. 자신의 부재를 다른 모든 것(대상, 개념, 주체)의 부재와 연결시켜서 사유케 하는 시의 언어는 언어의 본질에 충실한 언어이면서, 동시에 모든 것이 무화되는 지점에서 다시 모든 것을 성취할 수 있는 힘을 마련해준다. 『침묵』에 인용되어 있으면서 『문학의 공간』에서 블랑쇼가 했던 말을 다시 들어보자.

낱말들은 부재의 한복판에서 사물들이
'되살아나도록' 만드는 힘을 가진 부재의

지배자이다. 또한 낱말들은 자기를 사라지게
하는 힘을 가지고 있다. 스스로 실현시킨
총체성totality 안에서 존재하지 않게 되는 놀라운
힘이 있는 것이다. 낱말들은 무효가 되면서
총체성을 주장하며, 끊임없이 그 낱말 자체를
파괴해서 영원히 총체성을 성취해낸다.

p. — 67, 68

　　그리하여 시의 언어는 주체의 종말이자 한 세계의
종말인 죽음의 공간에서도 유일하게 형상화의 방식을 제
공한다. 언어 자체가 부재의 공간이고, 그러한 언어의 본
질을 가장 극명하게 체화한 언어가 바로 시의 언어이기
때문이다. 언어 공간의 부재를 부재 자체로 체험케 하는
시는 따라서 언어의 본질을 묻는 질문이면서 인간의 본
질을 묻는 질문으로 돌아올 수밖에 없다. "인간을 이름 없
는 존재로 만드는 힘이 가장 강력하게 나타나는 장소인
문학에서 제기되는 질문은 가치와 취향을 묻는 편협한
질문이 아니라, 인간 존재의 상태가 무엇인지 사유하는
직접적인 철학적 질문"이기 때문이다.
　　언젠가 죽을 수밖에 없는 인간 주체는 언어를 통
해서 자신의 종말을 예비 체험하는지도 모르겠다. 부재
의 언어 공간을 회피하는 것이 아니라 정면으로 마주할

때 가능한 그 체험은 애써 부재를 감춘 얼굴이 아니라 부
재가 또렷하게 각인된 얼굴, 가령 유령 같은 얼굴에서 역
설적으로 도드라진다. 부재하지만 분명히 존재하는, 잠
재하지만 언제든지 임재臨在하는 그 얼굴이 말하는 것을
받아쓰는 방식으로 누군가는 시를 쓰고 누군가는 침묵
을 말한다. 침묵을 현시하는 그 말하기 방식의 하나로 내
가 시를 썼던 것일까? 그것이 내 시의 가장 깊은 표정이었
던 것일까? '그렇다'와 '아니다' 사이에서 나는 여전히 헤
매고 있다. 사실상 침묵하고 있다. 어디에도 안착하지 못
하고 떠돌고 있는 나의 생각이 오늘은 어디 가서 쉬고 있
을까? 잠시 잠깐 눈을 붙이면서도 나는 묻는다. 침묵하는
방식으로. 여기 있는 나와 언젠가 여기 없는 내가 동시에
말한다. 어쩌면 그것이 시라고. 침묵하듯이. 침묵하듯이.

영원히
도착하지 않는 말

그 말은
도착하지 않는 말이다.
그 말은
달리려고 있는 말이다.

프란츠 카프카의 단편들

"주인나리, 말을 타고 어디로 가시나요?"

"모른다" 하고 나는 말했다. "다만 여기를
떠나는 거야. 다만 여기를 떠나는 거야. 끊임없이
여기에서 떠나는 거야. 그래야 나의 목적지에
도달할 수 있다네."

프란츠 카프카, 「돌연한 출발」 중에서

어디에도 안착할 수 없는 사람은 어디서도 목적지
를 꿈꾼다. 어디에 도착해서도 목적지만 생각한다. 어디
에 도착하든 그곳을 떠나야만 하는 사람에게 남겨진 것
은 오로지 목적지로서의 장소. 목적지로서의 시간. 목적
지를 향해 가는 여정만이 그의 전부를 채운다. 여기가 아
닌 채로 탄생하는 목적지를 향해서 그는 여기를 지우고
또 어딘가를 지우면서 떠난다. 계속해서 떠난다. 끊임없
이 떠난다. 그의 목적지는 어디 있을까?

아무 데도 없을 것이다. 그에게 목적지란 처음부
터 없었을지도 모른다. 있었다면 진작에 도착했거나 그
근방에라도 도착해서 목을 축이고 있을 터. 목을 축이면
서 얼마 남지 않은 목적지를 느긋하게 가늠하고 있을 터.
그에게 느긋함이란 애초부터 없었을지 모른다. 다만 여
기가 아니라는 것만 알고 있을 뿐. 여기가 아니기에 여기
가 아닌 다른 곳만을 생각하면서 그는 떠난다. 느긋함과

는 거리가 먼 발걸음. 뿌듯함과는 더더욱 거리가 먼 보행
이자 고행. 그는 고생하면서 겨우 도착한다. 목적지가 아
닌 곳을. 목적지가 될 수 없는 곳을. 다만 목적지만 새로
만들어주는 곳을. 거기가 어딘가?

목적지는 멀다. 멀어도 너무 멀어서 보이지도 느
껴지지도 가늠되지도 않는 헛것으로서의 장소이자 시간.
그곳을 향해 그 시간을 향해 그는 걷고 있다. 걷고 있는 그
가 있다. 어쩌다 발 빠른 말을 타고서도 그는 가고 있는 존
재로만 있다. 가고 없는 존재로만 여기에 있을 것이다. 그
어딘가에 있는 그의 흔적을 끊임없이 지우면서 장소가
있다. 여기가 있고 거기가 있고 그 어디도 목적지는 아닐
것이다. 그는 목적지를 버리면서 목적지를 향해 간다. 지
칠 대로 지친 채로. 혼미해진 정신은 더 혼미해진 채로. 발
걸음을 앞세우며 걷는 그의 유일한 동반자가 있다면 친
구가 아니다. 하인도 아니다. 그의 수고로운 발걸음을 덜
어주는 말 한 마리도 아닐 것이다.

그의 유일한 동반자가 있다면 그것은 불안. 어디
에도 안착할 수 없는 마음을 부추기는 불안. 그것 때문에
그는 걷고 있고 가고 있고 기어서라도 여기를 떠난다. 불
안해서 떠난다. 불안해서 머무를 수 없는 그의 내면을 위
로하는 것도 역시나 불안. 불안이 아니면 불안의 이웃을
동원해서라도 환대받는 공간을 불편한 공간이자 불행한

공간이자 불안한 공간으로 만들어버리는 사태를 부추긴다. 너를 반기는 모든 곳이 너를 떠나게 한다. 너를 떠나게 하는 모든 곳이 너를 반갑게 맞이했고, 맞이할 것이고, 맞이하지 않으면 외면하는 방식으로 너는 떠난다. 다시 떠난다. 네가 되었던 그 모든 장소와 시간을 떠나기 위한 빌미로 만들면서 떠난다.

　　너는 이유가 없는 사람이다. 너는 떠나는 사람이며, 나머지는 모두 떠나보내는 사람으로 만들면서 너는 떠난다. 너는 고향이 없는 사람이다. 돌아가야 할 모든 이유를 부질없이 만들면서 너는 떠난다. 너는 집이 없는 사람이다. 머물러야 하는 이유를 잠시도 허락하지 않는 곳에 너의 집을 두고서 너는 떠난다. 너는 여기 없는 사람이다. 언제는 있었던가? 이런 질문을 피할 수 없는 운명으로 즐기는 사람이다. 즐기지 못하면 즐기지 못하는 채로 떠나는 사람이다. 계속해서 너는 떠난다. 불안을 출발지로 삼아서. 불안을 목적지로 삼은 사람처럼. 불안을 동반자로 선택한 사람의 행색으로 몰골로 어칠비칠 걸어가는 그의 발걸음은 언뜻 그림자가 앞서는 것 같기도 하고 뒤따라 붙는 것 같기도 하다. 아니면 그 무엇도 없이 혼자 걷는 사람 같기도 하다. 오직 불안이 그의 여정을 지탱해주고 있다.

*

몇 년 전 불안이 그의 네 번째 시집을 가능케 했다. 이번에도 불안이 그의 시집을 가능케 해줄까? 알 수 없는 일이다. 불안은 알 수 없이 찾아와서 알 수 없는 정체로 떠난다. 다만 그 불안 때문에 무언가를 쓰고 있다는 사실만 확인시켜주고 떠난다. 안심하라고 떠난다. 안심하라는 그의 말은 믿을 수가 없다. 왜? 불안하니까. 그의 말이 불안하고 그의 정체가 불안하고 무엇보다 그는 불안 자체가 아니던가? 불안은 신뢰를 주지 않는다. 희망도 주지 않는다. 불안은 그 무엇도 주지 않는 방식으로 무언가를 쓰게 만든다. 고맙게도 더 쓰고 있다. 불안하게도 얼마나 더 쓸지 무엇을 더 쓸지 알 수 없는 상태로 무언가를 쓰고 있다. 더 쓰고 있다는 생각만 남아서 쓰고 있는 글을 시라고 부르든 다른 무엇이라고 부르든 상관없다는 듯이 쓰고 있는 그도 불안하기는 마찬가지다.

불안에 빚진 자는 갚아야 할 불안 때문에 더 쓴다. 선심을 쓰듯이 더 쓰는 글을 누가 받아주지 않더라도 그는 쓸 것이다. 이번에는 누가 불안에 동조해줄 것인가? 없다면 없는 대로 체념하듯이 불안해하는 그는 여전히 무언가를 쓰면서 체념하고 불안해한다. 불안해하면서 체념한다. 될 대로 되라는 식의 체념이 만들어놓은 불안의 장

르. 불안의 글쓰기. 잔뜩 불안해하고 한껏 체념하는 방식
으로 버무려놓은 문체는 누구도 좋아하지 않을 거라는
믿음과 절망과 회의감 속에서 몇 줄의 글을 더 쓴다. 그걸
시라고 불러도 좋고 아니라고 불러도 어쩔 수 없는 장르
를 껴안고 그는 쓴다. 그것이 그의 다음 시집이자 마지막
시집이어도 좋다는 생각으로 불안한 계절을 맞이하고 있
다. 가을도 수상하고 여름도 수상하고 봄은 더 수상했다.
겨울은 생각도 하지 말자. 사계절이 불안한 가운데 찾아
오고 또 떠난다. 떠나려고 계절이 왔다.

　　몇 년 전의 그때도 계절이 왔다. 가을이었을 것이
다. 그가 네 번째 시집을 낸 가을 어느 날이었을 것이다.
두 명의 수상한 사람이 수상한 얼굴로 그를 찾아왔다. 무
언가를 더 써보자고 했을 것이다. 무언가를 더 써서 연재
도 해보자고 했을 것이다. 그것이 무엇이든 불안하기만
하면 된다고 그를 안심시켰을 것이다. 그래서 안심하고
썼을 것이다. 불안하게 더 불안하게 썼을 것이다. 불안하
게 더 불안하게 발표하고 연재하는 동안 다시 가을이 왔
다. 일 년 후의 가을 어느 날. 두 명의 수상한 사람이 더 수
상한 얼굴로 그를 찾아왔다. 얼마나 더 쓸 수 있겠느냐고.
아무래도 힘들지 않겠느냐고. 독자들로부터 아무런 반응
도 없는 글을 더는 감당하기 힘들지 않겠느냐고. 수상하
게 설득하는 두 사람의 말은 몇 번을 고쳐 들어도 맞는 말

166

인 것 같다. 그는 불안하게 고개를 끄덕였을 것이다. 수상하게 찾아와서 수상한 말만 늘어놓고 가는 그들 역시 불안하기는 마찬가지였을 것이다. 이대로 가면 잡지가 망할지도 모른다는.

예상대로 잡지는 망했다. 잡지가 망하기 전에 그의 글이 먼저 중단되었다. 중단되면서 망한 그의 글을 연재해준 잡지에 왜 미안하다는 인사를 남겼을까? 두 명의 수상한 사람에게는 왜 고맙다는 인사를 남겼을까? 불안해서 그랬을 것이다. 불안해서 무슨 말이라도 남긴 것이 미안하고 고맙다는 말. 미안해서 고맙고 고마워서 미안하다는 말을 불안하게 남기고 불안하게 곱씹었을 것이다. 과연 불안의 당사자답게 불안의 글을 껴안고 일 년이 갔던 것 같다. 고맙게도 일 년이 갔다. 불안하게도 남아 있는 시간이 길다. 남아 있는 시간 동안 불안의 장르를 완성하기 위해 그는 더 써야 한다. 그런데 무엇을 더 써야 하는가? 불안하다는 확신 말고는 아무것도 없는 글쓰기를 그가 계속해야 하는 이유도 더 찾을 수 없을 때 그가 뒤적였던 몇 권의 책들.

그중의 한 권으로 그 책이 있었다. 일 년 전에도 있었을 것이다. 일 년 전에도 뒤적여보았을 불안의 동조자이자 선구자이자 실패자로서 떡 하니 버티고 있는 그 책의 저자 역시 백 년 전에도 불안하기는 마찬가지였을 것이다. 천 년 전에 태어났다고 하더라도 마찬가지였을까? 알 수 없는 노릇이지만, 불안의 역사는 길이와 상관없이 깊다. 불안의 목록은 한두 사람의 이름으로 다 채워 넣을 수 없을 정도로 많고도 넓다. 불안의 동료들 역시 시공을 가로질러서 여전히 불안하게 있을 것이다. 죽었든 살았든 상관없이 그들은 불안을 남겨놓고 떠난다. 죽어서도 떠나고 살아서도 떠난다. 불안한 곳을 더 불안한 곳으로 옮기면서 그들은 남는다. 불안의 전문가로서 남겨놓은 그 말을 믿고 따라가는 이들 중 상당수가 불안에 지쳐 어딘가에 남는다. 안착하듯이 남는 그곳이 제2의 고향이든 제3의 고향이든 고향은 남는다. 남아 있는 고향에 돌아가려고 그토록 헤매었던 길을 일부는 다시 떠난다.

　　그중의 한 사람으로 기억되기를 바란다면 다시 저 책을 꺼내어볼지도 모를 일이다. 불안의 개척자가 남겨놓은 저 책을. 저 소설을. 저 소설도 시도 아닌 이상한 글쓰기를 따라가며 따라가며 탄생하는 글 역시 한동안 어디에 속해야 할지 난감해할 것 같다. 너는 어디에 들어가면 좋겠니? 어떤 장르의 어떤 책 속에 들어가야 제대로 된 집이라고 할 수 있을까? 글은 그런 따위 문제는 생각도 않고 나왔을 것이다. 다만 어딘가로 간다는 생각만 하고 나왔을 것이다. 거기가 어디든 무조건 간다는 생각만으로 나왔을 것이다. 여기가 어디든 떠나야 하고 떠날 수밖에

없는 것과 마찬가지로 거기가 어디든 언젠가는 가고야
만다는 생각으로 또 출발했을 것이다. 마치 아래에 등장
하는 장화처럼.

그 소설에는 장화가 몇 번 등장하지 않는데
이상하게 모두 묘지를 향해 간다. 평소에는
잘 신지도 않는 장화가 위급한 순간에는 꼭
나타나서 묘지를 향해 간다. 스스로 살고 싶지
않을 때도 나타나고 누군가 죽이고 싶을 때도
나타나고 누군가가 정말로 나를 죽이려고 할
때도 장화는 꼬박꼬박 나타나서 묘지를 향했다.
칼과 함께 등장할 때도 다량의 수면제에 섞여서
등장할 때도 심지어 물에 빠져서 허우적대는
와중에도 구명대나 작대기 대신 등장하는
장화는 꾸역꾸역 제 역할을 다하고 떠난다.
누군가를 살리고 떠난다. 무언가를 살리고도
떠난다. 칼이 아니면 수면제라도 동원해서 그
길을 막아야겠지만, 장화는 떠난다. 물속에서도
떠나고 물 밖에서도 떠나고 심지어 자다가도
떠난다. 아무도 장화를 막을 수 없다. 어떤
작가의 어떤 문장도 막을 수 없는 그곳에서
장화는 떠나고 있다. 두 번 다시 장화는 떠날

수 없다고 써놓은 문장도 바로 다음 문장에서
포기하고 떠난다. 장화는 내 것이 아니다. 장화는
누구의 것도 아니다. 장화는 묘지를 향해 간다.
저벅저벅. 때로는 소리도 없이 간다는 기척도
없이 장화는 떠난다. 묘지를 향해.

김언, 「장화 신고 묘지 가기」 전문
(시집 『너의 알다가도 모를 마음』, 문학동네, 2018)

　　「장화 신고 묘지 가기」라는 제목이 따라붙는 저 글
에서 장화가 향하는 곳은 오직 한 곳이다. 어떤 작가의 어
떤 문장이 가로막더라도 장화는 간다. 묘지를 향해서 간
다. 그걸 거스를 수 있는 작가는 없다. 소설도 없다. 그럼
시는? 물론 없다. 묘지를 향해 가는 발걸음을 부추기면 부
추겼지 말릴 생각이 없는 곳에 누군가의 시가 있다. 그의
시도 그 언저리를 맴돌면서 이때까지 떠돌았던 것 같다.
내내 떠난다고 떠난 것이 결국엔 그 언저리를 헤매는 것
과 다르지 않았던 것 같다. 이미 개척해놓은 누군가의 시
세계이자 언어 공간이자 결국에는 묘지로 채워지고 마는
장화의 발걸음 근처를 내내 쫓아다니고 따라다녔던 것
같다. 불안의 선구자가 남겨놓은 작품 역시 장화의 근처
를 맴도는 와중에 발견되지 않았을까? 묘지의 근처에서
발견됐다고 해도 다를 바 없는 불안의 선구자이자 개척

자가 남겨놓은 말은 그래서 불안의 말이면서 죽음의 말
이다. 죽음을 향해 가는 말. 죽음을 전제로 나오는 말. 어
느 장르에 귀속시키더라도 변치 않는 저 죽음의 말은 작
가와 시인을 가리지 않고 파고들 것이다. 시인과 작가를
구분하지 않고 다시 어떤 말을 만들어낼 것이다. 그래 봤
자 죽음의 말과 별반 다를 것 없는 말. 재생산되는 말이자
영원히 묘지 근처를 떠도는 말. 장화의 말이자 끝내는 장
화도 그 무엇도 남기지 않는 말.

*

　　말이 좋아서 말을 쫓아가는 사람은 말 때문에 넘
어진다. 말이 싫어서 말을 외면하는 사람도 말 때문에 괴
롭기는 마찬가지다. 말 때문에 인간이 있다. 말 때문에 괴
롭고 말 때문에 외로운 인간들이 말 때문에 다시 말을 찾
는다. 말은 버릴 수가 없는 것이다. 말은 가질 수도 없는
것이다. 말은 말대로 가다가 잠시 누군가와 만나고 무언
가와 만나고 영원히 지속될 것처럼 붙어 있다가 곧 떨어
진다. 영원히 아니 만날 것처럼 헤어졌다가 다시 만나는
관계를 반복한다. 말은 믿을 것이 못 된다. 말은 기댈 것도
못 된다. 말은 말대로 살게 두어라. 말은 내 것이 아니다.
말은 누구의 것도 아니다. 붙잡을 수 없는 말.

　　나의 불안에서 나온 말도 그의 불안에서 비롯된 말도 하나같이 불안을 못 견디고 달아난다. 불안을 얘기하다가 불안을 대변하다가 심지어 불안 자체까지 되어주었다가도 분리되는 불안과 말. 말과 불안의 관계는 말과 죽음의 관계처럼 서로가 서로를 지시하면서 끝내는 외면한다. 불안은 불안대로 외롭고 말은 말대로 외로운 길을 간다. 죽음 역시 근처에 아무도 없기는 마찬가지다. 말과 불안과 그리고 죽음. 이 모든 것이 한 사람에게서 나와서 한 사람처럼 돌아다니다가 다시 흩어진다. 한 사람의 이름으로 간신히 요약되다가도 다른 사람의 이름으로 다시 흩어진다. 카프카의 말과 카프카의 불안과 카프카의 죽음 역시 카프카 한 사람에게만 머물 수 없다. 한순간, 한 시절, 한 덩어리로 뭉쳐진 것처럼 보이는 그것들의 면면은 시간과 장소를 건너뛰어 전혀 다른 사람의 일부가 되기도 하고 전부가 되기도 하면서 또 흩어져 간다. 말이 어디에나 있는 것처럼 불안은 언제 어디서 또 사람을 바꾸어 나타날지 모른다. 죽음이라고 사람을 가린 적이 있던가. 그들은 때와 장소를 가리지 않고 찾아든다. 씨를 퍼뜨리고 자신의 몸처럼 숙주의 몸을 키우고 잡아먹고 끝내는 형체도 없이 달아난다. 그들은 그들의 유전자대로 살고 그들의 역사를 지키면서 살며 그들의 미래까지도 온전히 그들을 위해서만 존재하는 것으로 바꾼다. 주변을 바꾸고 사람을 바꾸고 모조리 바꾼 다음에야 떠난다. 내가 내가 아닐 때까지. 너도 네가 아닐 때까지. 그도 그가 아닐 때까지 계속해서 어딘가를 떠나는 그 모든 사건의 이면에 다시 말이 있고 불안이 있고 끝내는 죽음이 있다.

목적지에는 아무것도 없다. 아무것도 없는 곳을 향해 사실상 나도 아니고 너도 아닌 이상한 인자들로 뭉쳐진 몸뚱이와 정신을 겨우 끌어안고서 나는 간다. 너도 간다. 그도 가고 있다. 장화 하나 달랑 챙기고서. 아니면 말 한마디 겨우 붙들고서. 그도 아니면 죽음처럼 진한 불안의 액체를 출렁이며 쉼 없이 간다. 술에 취한 것처럼 오직 한 곳만 보고 간다. 어칠비칠 헤매듯이 간다. 거기에 무엇이 있는가? 아무도 없다. 아무도 없을 때까지 아무것도 보이지 않을 때까지 달리는 기운만 남아서, 달리는 속도만 남아서, 달리는 전율만 남아서, 공기를 가르며 쉼 없이 전진하는 말. 그 말의 일부가 어느 날 나를 향해 왔다. 나를 향해 와서 곧 떠났다. 그 말은 도착하지 않는 말이다. 그 말은 달리려고 있는 말이다.

진짜 인디언이라면, 달리는 말에 서슴없이
올라타고, 비스듬히 공기를 가르며, 진동하는 땅
위에서 이따금씩 짧게 전율을 느낄 수 있다면,
마침내는 박차도 없는 박차를 내던질 때까지,

마침내는 고삐 없는 말고삐를 내던질 때까지,
그리하여 앞에 보이는 땅이라곤 매끈하게
다듬어진 광야뿐일 때까지, 벌써 말 목덜미도
말머리도 없이.

프란츠 카프카, 「인디언이 되고 싶은 마음」 중에서

나는 왜
다른 것이 되었나?

다른 것을
다르다고 말하는 방식의
언어가 있다.
말하는 동시에
그 무엇과도
달라질 수밖에 없는 언어.

『메피스토펠레스와 양성인』
미르체아 엘리아데, 임왕준·최건원 역

둘러보면 온통 나와 다른 것투성이다. 이 사람도 저 사람도 혹은 이 사물도 저 사물도 결국에는 내가 아니라는 사실을 점점 더 절감하면서 드는 생각. 과연 나와 같은 것이 있기나 할까? 심지어 나조차도 예전의 나와 지금의 나와 앞으로의 나를 같은 사람으로 묶어낼 수 있는 근거를 상실할 때, 남는 것은 지독한 회의다. 나는 나의 동일자로서 견고할 수 없으며(나는 결국 다른 사람이 되거나 다른 사물이 되어갈 것이다), 시시각각 변해가는 세계의 양상 중 하나일 뿐이라는 생각이 오히려 더 견고해질 때, 견고한 그 생각을 다져주면서 이상하게 흠집을 내는 책이 있었다. 미르체아 엘리아데의『메피스토펠레스와 양성인』오래전에 읽은 그 책에서 비롯된 몇 마디 말을 더 연장해보고자 한다.

우선은 새삼스럽지 않은 사실 하나. 인간에게는 '자기와 다른 것'을 어떻게 보는가가 늘 중요한 문제다. 그것은 시급한 생존의 문제이면서 한편으로 해답이 모호한 근원적인 질문이기 때문이다. 자기와 다른 것에 대한 '시선'으로부터 세계에 대한 인식은 시작되고 자의식 역시 그 지점에서 출발한다. 반면에 인간은 '자기와 똑같은 것'에 대해서는 '시선'을 가질 수 없다. 시선이 발생하는 순간 자기와 똑같은 것은 자기와 다른 것으로 존재가 전이된다. 따라서 자기와 똑같은 것은 시선 이전의 세계이면서 의식 너머의 미개지다. 그것은 정체를 드러내는 순간 다른 정체성으로 변질된다. 그것은 이제 자기와 다른 것으로서 시선에 노출되고 거울에 반사되고 무엇보다 의식의 간섭에 시달린다. 의식의 과도한 간섭은 타자를 향하기도 하지만, 자기 자신을 향해서도 끊임없는 질문을 던진다. 그 질문은 정리하자면 한마디다. 나는 왜 다른 것이 되었는가?

　'나는 왜 나와 다른 것이 되었는가?'는 '너는 왜 나와 다른 것이 되었는가?'와 분리될 수 없는 질문이며, 이 지점부터 인간 존재의 근원적인 모순은 무수한 질문과 답변 속에서 복잡한 체계를 완성해간다. 결코 완성될 수 없는 체계를 위해 언어가 필요하고 상상력이 동원되며 한편으로 신비가 곁들여진다. 신비는 대부분 현실 저 너머 신의 영역과 이어지는 문제이며, 신비의 영역을 확장하기 위해, 실은 현실의 풍성한 확대를 위해, 신이 직접 이 세계로 출장 오는 상황까지 인간은 만들어냈다. 그리하여 인간이 호출한 신은 이 세계에 이미 발을 들여놓은 상태로 세계를 해명하고 설명하며 때에 따라서는 불친절하게 감춘다. 자신의 존재를, 무엇보다 세계의 원리를.

　　불완전한 인간(의 의식)이 만들어낸 신은 덕분에 완전무결한 신이 아니라 악마와 더불어서 등장해야 할 만큼 불완전하고 상대적인 '절대자'다. 모순어법으로 표

현되는 상대적인 절대자의 등장은 인간의 진화에서 또
다른 기념비적인 산물에 해당하는 언어와도 상통하는 측
면이 있다. 언어의 태생적인 기능이랄 수 있는 지시 기능
이 타자를 기반으로 해서 성립하듯이('이것'이 '볼펜'으
로 지시되기 위해서는 '저것'이 '볼펜'으로 지시되지 않아
야 한다), 인간의 신 역시 타자(악마)가 없이는 성립 불가
능하다는 것을 다름 아닌 신들이 증명하고 있다. 동서고
금의 그 많은 신들이 저 혼자서 외롭지 않은 곳에, 도무지
외로울 수 없는 곳에 악이 있고 지옥이 있으며 무엇보다
인간이 있다.

　　　존재 유무와 무관하게 신은 무한하고 절대적인 존
재이지만, 인간에게서 비롯된 신은 유한하고 불완전하며
상대적인 존재다. 그것은 필연적으로 악마를 대동할 수
밖에 없다. 인간이 타자를 통해서 자신을 의식하기 시작
한 것과 같은 맥락에서 탄생한 신의 파트너는 당연하게
도 타자다. 그리고 영원히 타자일 수밖에 없다. 인간의 신
은 자신만으로 충족될 수 없는 세계를 타자와 더불어 겨
우 해명하고 설명하고 마지막으로 감춘다. 인간의 의식
이 가 닿을 수 없는 지점을 의식 대신 떠맡은 신 혼자서는
감당할 수 없는 질문이 마지막까지 따라붙기 때문이다.
그에게는 형제와 다름없는 짝패로서의 악마가 자신을 위
해서도, 세계를 위해서도, 무엇보다 인간을 위해서도 반

드시 필요하다.

인간에게 불가지의 세계는 어떤 식으로든 해명을 위해서 기다리고 있다. 다름 아닌 인간을 위해서, 인간의 불완전함과 그로 인한 근원적인 불안감의 해소를 위해서. 해소는 물론 일시적이다. 인간은 여전히 해갈되지 않는 질문 앞에 있다. 여전히 목마른 상태에서 질문에 질문을 이어가지만 그것의 결론은, "우리는 모순으로 인해 비옥해진다"(괴테) 같은 위대하면서도 그럴듯한 답변 이상을 기대하기 힘들다. 자기와 다른 것 때문에 갈구하게 된 자기와 똑같은 것—그것은 태초의 카오스 상태이며 하나이자 전체의 상태이다—은 아이러니하게도 자기와 다른 것을 통해서만 향수하고 상상할 수 있다.

인간의 의식으로는 절대자가 상대자를 통해서 표현될 수밖에 없다. 바로 그 지점에서 신과 악마, 선과 악, 남과 여(아버지와 어머니), 하늘과 땅이 공존하는 양가적인 존재가 인류의 신화에서 두루 발견되는 이유가 해명된다. 자신의 태생적인 '모순'에서 비롯된 인간의 완전성에의 갈구는 결국 '모순'을 통해 완성되는 동어반복의 과정을 거칠 수밖에 없다. 차이가 있다면, 전자의 모순이 불완전하고 결핍된 모순인 데 반해 후자의 모순은 (괴테의 발언처럼) 비옥하고 풍성한 모순이다.

자기와 다른 것에 대한 인간의 의식적인 극복 노

력은 자기와 다른 것을 자기와 똑같은 것과 차이 두지 않는 단단하고도 엉성한 합일의 과정을 통해서 비로소 해소된다. 그러나 그것은 일시적이다. 최소한 절대적이지 않다. 인간의 신이 영원히 인간의 질문—나는 왜 나와 다른 것이 되었을까?—으로 되돌아올 수밖에 없는 것도 이 때문이 아닐까. 거기에는 애초에 절대 존재로서의 신이 들어설 공간이 없다. 절대 존재는 기각되면서 가까스로 표면화된다. 바람 한 점에도 휩쓸려가는 먼지처럼 겨우 붙들려 있는 존재, 그것이 인간의 신이며, 인간이 꿈꾸는 총체성의 전말이 아닐까. 결국에는 '나와 다른 것'을 감당하기 위한.

그런가 하면 저 총체성의 허구를 새삼 허구로서 받아들이는 언어가 있다. 다른 것을 다르다고 말하는 방식의 언어가 있다. 말하는 동시에 그 무엇과도 달라질 수밖에 없는 언어. 그러한 언어를 붙들고 무어라도 영속적인 것을 말하려는 언어. 따지고 들면 앞뒤가 안 맞는 위상의 언어. 그것이 무얼까? 시의 언어라고 말하자니 또 다른 생각이 떠오르는 것을 이쯤에서 접는다. 다른 곳에서 다른 방식으로 더 말할 기회가 있으리라 짐작하면서.

"언어 이전,
그러니까 인간의 언어 이전에 놓이는
저 시원을 향한 지난한 여정에서
시인에게 필수적인 동반자는
아이러니하게도 다시 언어다."

4부

이 길로 가면
어디가 됩니까?

내가 만난
이별의 시 두 편

무엇이든
안녕 하고 만나서
안녕 하고 보내는
그 마음에는

박세미와 이승훈의 시

　　생활에서 발견할 이별이 없으니 시에서나 찾자고 생각하며 시를 뒤적거린다. 다행히 몇 편이 건져졌다. 다행히 할 말도 덧붙여질 것 같다. 적어도 몇 편에 대해서는 이별을 떠올리며 무슨 소리라도 할 것 같다. 다행이다. 다행이기는 한데, 그럼에도 남는 자괴감. 왜 생활에서는 이별에 대해 말할 것이 없는가? 그렇게 많은 사람과 만나고 그렇게 많은 사람과 헤어지기도 했으면서 왜 정작 생활에서는 이별이든 만남이든 할 얘기가 뚝 떨어져 버렸는가? 어디 사람뿐일까. 살아가는 모든 순간이 만남의 순간이자 헤어짐의 순간일 텐데, 말 한마디 덧보탤 것 없는 이 상태를 어찌 진단해야 할까?

　　진단하고 판단하는 것도 귀찮다면, 빈말이라도 보태자. 빈말이라도 보태서 변명을 하자. 그래, 감정이 무뎌진 거겠지. 감정이 무뎌진 만큼 만나는 것에도 헤어지는 것에도 무감각한 인간이 되어버린 거겠지. 무감각한 인간은 현재든 과거든 회상이든 상상이든 할 것 없이 무감하게 반응한다. 반응이랄 것도 없는 반응을 보이는 인간. 그런 인간이 새삼 이별에 대해서 몇 마디 늘어놓아야 하는 상황에서 궁여지책으로 선택한 것이 그나마 시다. 시에서 읽었던 이별, 시에서 보았던 헤어짐의 장면들을 모조리 다 말할 필요는 없을 것이다. 다만 한두 편 정도는 다 죽어가는 감정을 되돌아보는 차원에서도 부득불 필요할 것 같다. 가령, 다음과 같은 시.

그에게 세상은 한 발자국씩 넓어지는 것이었다
한 발자국씩 멀어지는 것이었다

이를테면 그가 걸을 때
옆에서 커다란 사과나무 한 그루가 나타난다
한 발자국, 사과나무는 불타며
두 발자국, 사과나무는 검게 식으며
세 발자국, 사과나무는 썩은 사과 한 알이 되며
네 발자국, 깜박이는 눈꺼풀 사이로 사라진다

더러 썩은 사과 한 알이 눈앞에 맴돌 때면
눈을 감고 이리저리 굴려 녹여 없앴다
그는 최소화된 것들과의 이별에 익숙했다

눈이 오던 어느 날
멀리서 그를 향해 달려오는 점이 있었다
그가 한 발자국씩 뒤로 갈 때마다
점은 세 발자국씩 앞으로 다가오며 커지더니
다리를 뻗고 손을 흔들며 마침내 웃어 보였다

달려오던 점은 그의 코앞에서 최대화가 되었다
그는 그것이 자신을 안아줄 것이라고 생각했지만
어깨를 툭 치고는 바로 옆에서 사라져버렸다

그는 뒤를 돌아보는 대신
손으로 얼굴을 감싸고 허리를 굽혔다
썩은 사과들이 눈밭에 우르르 쏟아졌다

　　　　　　　　　　　박세미, 「뒤로 걷는 사람」 전문
　　　　　　(시집 『오늘 사회 발코니』, 문학과지성사, 2023)

　발터 벤야민이 언급한 파울 클레의 그림 〈신천사
新天使〉가 먼저 떠오르는 시다. 뒤로 걸으면서 모든 것이 눈
앞에서 멀어져가는 것을 목도하는 이 시의 주인공은, 참
혹한 역사의 현장을 눈앞에 두고서 괴로워하는 파울 클
레의 신천사와 구도상 같은 위치에 놓인다. 차이가 있다
면, 전자가 눈앞에서 멀어지는 것을 멀어지는 그대로 대
수롭지 않게 처리하려고 한다면, 후자는 멀어지더라도
결코 외면할 수 없는 참혹한 현장을 끝까지 괴로운 표정
으로 감당하려는 데 있을 것이다. 물론 눈앞에 놓인 대상
의 규모도 차이는 있다. 한쪽이 역사라는 덩치 큰 현장을
눈앞에 두고 있는 반면, 다른 한쪽은 겨우 사과나무 한 그
루의 풍경을 눈앞에 두고 있는 형편이다. 그러나 이런 규

모의 차이는 그야말로 상대적이다. 상대적인 차이는 상대적으로 크고 작은 문제이기도 하지만, 한편으로 그 크기를 정반대로 뒤집어서 볼 수 있는 여지도 함께 내장하고 있다. 누군가에겐 사과나무 한 그루가 인간의 역사보다 더 소중하게 다가올 수도 있다. 그래서 누군가에겐 내일 지구가 망하더라도 오늘 한 그루의 사과나무를 심겠다는 발언이 결코 헛된 희망이나 허무맹랑한 수사로 다가오지 않을 수도 있다.

문제는 그렇게 뜨거운 존재로 다가오는 사과나무가 영원히 뜨겁게 지속되지 못한다는 데 있다. 뜨거우면 뜨거울수록 사과나무는 금방 식는다. 금방이라도 타오를 것처럼 뜨겁던 연인 사이가 어느 순간 검은 재가 되어 식어버리는 것처럼. 차갑게 식는 것도 모자라 아예 썩은 사과처럼 변질되고 훼손되는 관계가 다반사로 생기는 곳. 썩고 썩어서 종내에는 있었는지 없었는지도 가물가물해지는 관계가 일상사가 되어버린 곳. 그런 곳과 무관하게 살아간다고 장담할 수 있는 사람이 얼마나 될까? 아무도 없을 거라고 장담하지는 못하겠지만, 누구도 그런 관계에서, 그런 이별에서 자유롭지 못할 거라는 짐작은 충분히 할 수 있는 곳에 다시 저 시의 사과나무가 있다. 사과나무와 이별하는 그가 있다.

짐작건대 그는 한두 번 사과나무와 이별한 자가

아니다. 수없이 많은 이별의 전적으로 오늘도 한 그루 사과나무를 만나고, 만나서는 뜨겁게 불타고, 불타고는 차갑게 식은 상태로 썩어가는 관계를, 썩어가다가 종내는 깜박이는 눈꺼풀 사이로 묻어버리거나 분실해버리는 관계를, 되풀이하고 또 되풀이할 것이다. 되풀이되는 사건은 되풀이될수록 감정의 긴장을 느슨하게 만든다. 더는 놀랄 것도 없는 만남과 이별과 망각을 만들어내는 것이다. 이제 그는 누구를 만나서도 무감하고 누구와 헤어져서도 상처가 되지 않고 누구를 잊고서도 가슴 아프지 않다. 처음부터 식거나 썩은 감정으로 사람을 만나고 헤어지고 또 잊어간다. 마치 사과 하나를 만나고 헤어지듯이. 어쩌다 내내 눈에 밟히듯이 맴도는 관계도 있겠지만, 그깟 관계 하나쯤이야 사과 하나 굴리듯이 녹여버리면 그만인 기억의 잔여물일 뿐이다. 아무리 큰 만남도 이별도 최소화해서 다룰 줄 아는 솜씨, 망각조차도 최소 한도로 품을 들일 줄 아는 기술, 이런 솜씨와 기술이 어쩌면 이 풍진세상에 어울리는 요령이자 지혜일지도 모른다.

　　뒤로 갈수록 세상은 한 발자국씩 멀어지는 동시에 넓어지고, 한 발자국씩 넓어지는 동시에 멀어진다. 그러한 세상에 어울리기 위해서도 사람이든 관계든 또 무엇이든 최소화해서 바라보려는 시선이 어느 날 우연히 점 하나를 목격한다. 그를 향해서 달려오는 점 하나가 눈에 들어온 것이다. 눈에 들어온 순간부터 점은 점점 커진다. 점점 커지는 형상으로 그를 향해 달려온다. 한 발자국씩 뒤로 물러나면 세 발자국씩 성큼성큼 그의 정면을 응시하며 따라붙는 그 점은 이미 예사로 넘길 점이 아니다. 이미 점이라고 할 수도 없을 만큼 최대화가 되어버린 존재. 이때의 최대화는 단순히 외형상의 최대화를 넘어선다. 존재감의 최대화도 동반하는 그것에게 어찌 기대감이 생기지 않을까. 처음에는 보이지도 않는 점이었던 것이 어느 순간 눈앞을 꽉 채운 존재이자 눈앞을 완전히 가려버린 존재로 격상된 그것에게 왜 기대감이 없겠는가. 다른 무언가가 비집고 들 틈도 없이 시야를 장악해버린 그것은 이미 세계 자체다. 세상 전부가 되어버렸다고 해도 과언이 아닌 존재에게 누군들 자신의 전부를 의탁하고 싶지 않겠는가.

　　기대는 그러나 여지없이 깨진다. 자신이 지나쳐온 그 많은 사과나무와의 인연을 점처럼 취급하기 바빴던 그 역시 모처럼 찾아온 커다란 존재 앞에서 점과 다름없는 존재로 전락하고 만다. 눈앞에서 최대화를 이룬 존재의 안중에는 처음부터 그가 없었다. 있어도 없는 것과 같은 존재가, 점처럼 취급받아도 어쩔 수 없는 존재가 다름 아닌 자기 자신이기도 했다는 사실을 깨닫는 순간, 그동안 애써 외면해왔던 썩은 사과들이 눈앞에서 우르르 쏟아지는 것으로 시는 끝난다. 썩은 사과들은 물론 뜨거운 눈물이다. "손으로 얼굴을 감싸고 허리를 굽"힌 채 우는 자의 뜨거운 눈물이다. 그것이 절망의 눈물일지, 비탄의 눈물일지, 참회의 눈물일지, 아니면 또 어떤 눈물일지는 알 수가 없다. 눈물은 흘려본 자의 것이고, 앞으로 흘리게 될 자의 것이며, 그 사이에서 우리는 더는 울지 않는 자가 되기 위해 안간힘을 쓴다. 안간힘의 한 방식으로 자신에게 오는 모든 인연을 최소화해서 바라보려는 시선. 최소화해서 맞이하고 최소화해서 내보내려는 시선. 최소화하지 않으면 최소화하지 못한 부피만큼 존재감이 남고, 존재감은 끝내 우리에게 상처를 남긴다. 그것이 빠져나간 만큼 내상을 남기는 것이다. 존재감의 부피만큼 내상의 깊이를 남기는 그것이 두려워서라도 세상은 계속해서 최소화될 필요가 있다. 계속해서 최소화하는 자의 시선이 될 필요가 있다.

　　이번에는 다를 거라는 기대감으로 최대화된 존재를 영접하려 했던 자의 실패는 그래서 더 뼈아프게 읽힌다. 모처럼 표정을 풀고 환한 기대감으로 부풀어 올랐던 그에게 이번에도 만남은 돌이킬 수 없는 상처만 남기고 떠났다. 만남의 대상이 누구였는지는 중요하지 않다. 대상의 존재감이 감당할 수 없을 만치 컸다는 것이 중요할 것이다. 존재감의 크기는 그대로 상실감의 크기로 남아서 한 사람의 내면을 지배할 것이다. 이번에는 정말로, 아무도 영접하지 않는 자의 내면이 되리라. 무엇에도 흔들리지 않는 차돌 같은 심장이 되리라. 이런 다짐을 얼마나 자주 반복하고 또 번복해왔는지는 새삼 따질 필요가 없다. 달궜다가 식혔다가를 반복하면서 쇠는 단련되고, 타올랐다가 재가 되었다가를 반복하면서 내면은 돌이 된다. 어떤 불에도 꿈쩍하지 않는 돌덩이 같은 마음이 들어서서 세상을 본다. 누구를 만나도 아무렇지 않게 헤어질 수 있는 자신을 본다. 돌은 죽은 돌이면서 더는 상처 받지 않으려는 돌이다. 돌 같은 내면이 자리 잡은 그에게 또 어떤 인연이 최대화되는 마법을 부리면서 다가올지는 알 수 없다. 중요한 것은 더는 상처받고 싶지 않은 마음이다. 더는 죽고 싶지 않은 내면의 조용한 외침일 것이다.

상처받지 않으려면 무엇보다 곁을 내주지 않아야 한다. 곁을 내주는 마음에서 기대가 생기고 의지하는 마음이 생기고 동반자도 반려자도 모두 곁에서 생기는 것이므로, 문제는 곁이다. 시에서는 '옆'이라는 말로 대신하고 있는데, 그가 (뒤로) 걸을 때 커다란 사과나무가 생기는 곳도 옆이고, 달려오던 점이 어느 순간 커다란 존재가 되어 그의 어깨를 툭 치고 사라지는 것도 바로 옆에서 생긴 일이다. 옆이 있어 만남이 생기고 이별이 생기고, 옆이 있어 매번 그런 순간을 맞이해야 한다면, 문제는 다시 옆이다. 옆이 없다면 옆에 대한 기대도 실망도 없을 것이니 꿋꿋이 혼자서 잘 걸어가는 길만 남을 수도 있겠다. 오로지 앞만 있거나 뒤만 있는 길. 시에서는 이걸 뒤로 걸으면서 뒤에 놓이는 앞만 보여주는 것으로 대신한다. 혹은 앞으로 나아가면서 뒤만 보는 것으로 대신하고 있다. 어떻게 보더라도 앞뒤로 충만한 길인데, 그 길을 문득 외롭게 하는 것도 괴롭게 하는 순간도 모두 옆이 있어 벌어지는 일. 과연 옆이 없었다면 외로움도 괴로움도 없이 걸어갈 수 있었을까? 무소의 뿔처럼 혼자서도 잘 나아갈 수 있었을까? 이건 옆에다가 물어볼 일이 아니다. 앞이나 뒤에 대고 물어볼 일도 아니다. 위도 아래도 마찬가지.

　　그는 사방으로 열린 공간에서 혼자 걸어간다. 뒤로 걸어간다. 어떤 결정적인 순간이 찾아오기 전까지 그는 반복되는 이 길을 벗어나지 못할 것이다. 영원히 반복될 것 같은 길에 그가 놓여서 걸어간다. 그는 어쩌면 쳇바퀴를 도는 건지도 모른다. 앞으로 걷든 뒤로 걷든, 옆에 누가 지나가든 상관없이 마치 윤회를 거듭하듯이 똑같은 길을 걷고 또 걸으면서 그가 나아간다. 그는 결과적으로 제자리를 맴돌고 있다. 제자리에서 헤매고 있다. 제자리를 벗어나려고 제자리를 지키고 있는 자. 그것이 윤회의 속박을 즐기는 자의 걸음걸음일 것이다. 앞으로 걷든 뒤로 걷든 윤회는 다른 길을 보여주지 않을 것이다. 윤회하듯이 돌고 도는 길에서 생각할 것을 남기는 시가 있어 읽어본다. 여기서도 만남과 이별은 필수적이다. 다만 그 대상이 달라지고 있다.

해 지는 여름 저녁 트럭 한 대가 머리 숙이고
중학교 운동장을 계속 돈다. 땅에 코를 박고
아무도 없는 운동장 한 바퀴 돌고 또 한 바퀴
돈다. 먹을 걸 찾는 모양이다. 저녁이니까 밥을
먹어야지. 계속 운동장 도는 트럭 한 대 꼬리를
땅에 내리고!

엘리베이터가 서고 문이 열린다. 유치원생
여자 아이가 엄마와 함께 나오다 돌아서서 빈
엘리베이터 향해 손을 흔들며 "안녕! 잘 있어!"
한마디 하고 엄마 따라 간다.

이승훈, 「안녕! 잘 있어」 전문
(시집 『당신이 보는 것이 당신이 보는 것이다』 시와세계, 2014)

우선은 1연. 해 지는 여름 저녁에 트럭 한 대가 중학교 운동장을 빙빙 돌고 있다. "꼬리를 땅에 내리고" 있는 걸로 봐서는, 앞뒤로 라이트까지 켜고 운동장을 빙빙 도는 것 같다. 그야말로 저녁이다. 저녁에는 밥 먹으러 가야 하는데, 다른 곳을 가지 않고 운동장만 빙빙 돌면서 마치 먹을 것을 찾는 모양으로 있다. 그러나 운동장은 아무리 돌아봐야 먹을 것이 없는 곳이다. 트럭에게도 사람에게도 먹을 것(기름과 밥)이 없는 운동장을 저녁이 다 되도록 돌고 있는 저 트럭이 언제까지 돌 것인가? 아니 언제쯤 도는 것을 멈출 것인가? 알 수 없는 일이다. 다만 지금 이 순간만큼은 영원히 돌 것처럼 운동장을 돌고 있다는 사실. 멈추지 않고 한 마리 개처럼 땅에 코를 박고 돌다가 돌다가 누군가의 눈에 띄었다는 사실. 그 사실이 다른 사실로 대체되기 전까지 저 트럭은 한 마리 개처럼, 혹은 사람처럼 계속 돌고 있을 거라는 사실만 확인하면서 여름 저녁의 이상한 풍경은 끝난다. 트럭이 펼쳐 보이는 이 맹목적인 풍경을 어찌 보아야 할까 생각하기도 전에 장면은 다음으로 넘어간다.

　　1연에서 보이는 트럭의 의인화는 2연으로 넘어와서 "유치원생 여자 아이"의 천진한 인사와 맞물린다. 1연의 의인화에 기대어 2연의 천진무구한 인사가 더 힘을 받는다고도 할 수 있겠다. 아무도 없는 엘리베이터를 향해 인사하는 저 이상한 광경을, 아이니까 저럴 수 있는 것으로 대수롭지 않게 넘길 수도 있지만, 그럼에도 굳이 남는 질문이 있다. 빈 엘리베이터에 있는 무엇을 향해 아이는 인사한 것일까? 손까지 흔들며 "안녕! 잘 있어!"라고 한

걸로 봐서는, 엘리베이터에서 내리기 전부터 함께 있었던 무엇일 텐데, 그것이 과연 무엇일까? 무엇은 물론 아무것도 없는 것이다. 그럼 아무것도 없는 것을 향해 아이가 새삼 인사한 마음은 또 어떤 마음일까? 어떤 마음이어야 저런 인사가 가능한 것일까? 이런 질문까지 포함하면서 문제의 장면을 다시 본다.

저 장면과 유사한 장면은 현실에서도 어렵지 않게 목격할 수 있다. 가령, 다섯 살 먹은 조카가 화장실에서 '응가'를 하고 좌변기 물을 내리면서 "물 안녕" 하고 인사할 때. 그때의 "물 안녕"과 저 장면의 "안녕! 잘 있어!"는 안녕의 대상만 다를 뿐 사실상 같은 마음에서 나오는 인사다. 물에게 하는 인사이든 아무것도 없는 것에게 하는 인사이든 상관없이 아이들은 일단 인사한다. 어제 보았던 것도 처음 만나는 것처럼 인사한다. 오늘 보았던 것도 내일 다시 만날 것처럼 또 인사한다. 안녕 하고 만나고 안녕 하고 헤어지는 그 인사의 대상이, 물이든 '응가'이든 혹은 빈 엘리베이터 안의 무엇이든 새삼 중요하지 않다는 말이다. 그러니 빈 엘리베이터에 있던 그것이 무엇이냐를 따지는 일은 아이들에게 무의미하다. 아이들의 눈에서 볼 때 그 또한 오늘 새로 만난 어떤 장면이고 대상이고, 그래서 마치 친구를 새로 사귀듯이 인사하고 또 헤어진다. 아무리 사소한 것일지라도 아이들에겐 인사가 중요하다. 아무리 사소한 만남과 이별일지라도 사소하게 넘기지 않는 마음이 인사를 남긴다.

　　무엇이든 안녕 하고 만나서 안녕 하고 보내는 그 마음에는 늘 손을 흔드는 마음도 함께 붙어 있다. 무엇과 만나고 무엇과 헤어지는지를 입으로도 손으로도 분명하게 드러내는 마음. 무엇이든 크게 표현하려는 그 마음은 앞서 뒤로 걷는 사람 의 화자가 모든 것을 최소화해서 보려는 마음, 모든 것을 최소화해서 만나고 헤어지려는 마음과 정반대의 위치에 놓인다. 더는 상처받지 않으려는 마음이 모든 만남과 이별을 최소화하려는 시선을 낳았다는 점을 고려하면, 아이들의 천진하고 무구한 인사는 아직 상처에 대한 기억이 없는 데서 비롯되었다고 할 수 있다. 대중적으로 많이 알려진 책 제목이기도 한 "사랑하라 한 번도 상처받지 않은 것처럼"은, 그런 점에서 아이들처럼 사랑하라는 말과 다르지 않다. 아이들처럼 만나고 헤어지면서 '안녕'의 인사를 남기라는 말과도 통하는 저 주문은 그러나 두 번 다시 아이로 돌아갈 수 없다는 걸 아는 이에겐 세상 속 편한 조언처럼 들릴 수도 있다. 그렇다면 남는 선택지는 둘 중 하나다. 아이로 돌아갈 수 없다는 대명제 아래, 결코 아이처럼 살 수 없다는 소명제 하나와 그럼에도 아이처럼 살아야 한다는 소명제 하나. 이 둘이 대부분 불편하게 동거하는 형태로 우리는 사람을 만나고

세상을 만나고 또 헤어진다. '안녕'이라는 인사를 마지막
으로 한 것이 언제였는지도 가물가물하다.

　　　가물가물한 기억들이 쌓이면서 사람은 늙어간다.
아이로 돌아가기는커녕 누추한 육신과 정신이 저 앞에
서 한 덩어리 추물처럼 서서 기다리고 있는 삶. 그 삶을 거
역할 수 있는 자는 없다. 자살이든 사고사든 죽음이 들어
서서 길을 끊어놓기 전까지 누구 하나 거역할 수 없이 따
라가는 길만 남아 있다. 노추의 삶. 이것이 우리가 걸어갈
궁극적인 길이라면, 다른 방도가 없다. 다른 방도가 없는
쪽으로 진화를 하는 수밖에 없다. 늙어서 아이가 되는 길.
몸은 비록 망가진 기계와 같이 되어버렸지만, 정신만큼
은 철없는 아이처럼 다시 돌아가는 길. 철없는 아이로 돌
아간다는 것은 어른으로서 쌓아온 기억을 흩뜨려버리는
일과 다르지 않다. 차곡차곡 정리되어 있던 기억의 창고
를 뒤죽박죽으로 만들거나 아니면 아예 비워버리는 일.
여기서 아이와 상처의 함수관계를 다시 생각해볼 수 있
다. 아이는 아직 상처를 모르는 존재다. 따라서 아이로 돌
아간다는 것은 다시 상처라는 걸 모르는 존재로 돌아간
다는 말이고, 그러기 위해서도 상처를 지우는 과정이 필
수적인데, 상처는 상처 혼자 지워지지 않는다. 상처가 되
는 기억까지, 때로는 상처를 둘러싼 다른 기억까지, 심지
어는 상처와 무관해 보이는 기억들까지 함께 지워버리는

사태. 그것이 어쩌면 치매가 아닐까.

　　조금 더 파고들면 이렇게 얘기할 수도 있겠다. 기억을 이루는 성분 중에서 상처의 비중이 지나치게 클 때, 감당할 수 없을 정도로 커져버린 상처를 씻어내는 과정에서 부득이 기억도 함께 쓸려가버리는 사태. 그리하여 상처를 지우는 일이 곧 기억을 지우는 일이 되어버리는 사태. 상처를 처리하는 과정이 지나쳐 그것의 숙주인 기억까지 정리해버리는 사태. 혹은 상처로부터 놓여나고 싶은 욕망이 지나쳐 상처로 쌓아 올린 기억의 탑까지 무너뜨리는 사태. 어쩌면 그것이 치매가 아닐까. 그렇다면 상처와 이별하는 방식으로 기억과 통째로 이별하는 과정에 붙여진 병명이 곧 치매일 것이다.

　　이때까지 쌓아온 기억으로 자신의 존엄을 지키고자 하는 이들에겐 치매처럼 안타까운 일도 없겠지만, 달리 생각하면 우리의 삶을 이루는 모든 것이 기억으로 남을 수밖에 없음을 증명하는 일이기도 하다. 기억은 현실에서 자양분을 얻는 동시에 끈질기게 현실을 지배하는 무엇이지만, 그 무엇은 항상 환상으로 구현된다. 기억에 등장하는 것은 그것이 무엇이든 현재로선 부재하는 사건이고 사물이다. 다 과거의 일이고 한때의 일이라는 것이다. 한때의 일이므로 제아무리 유의미한 가치를 이루는 일도 영원하지는 않다는 것. 아무리 존재감이 큰 사건도 인물도 결국엔 그만큼의 부재감만 남기면서 사라진다는 것. 있는 것이 영원히 있는 것이 아니고 없는 것도 영원히 없다고만 할 수 없는 지점에서, '색즉시공 공즉시색色即是空 空即是色' 같은 경전의 말에 굳이 기대지 않더라도, 한 편의 시에서 새삼 있는 것과 없는 것의 차이를 무색하게 하는 장면을 목격한다. 「안녕! 잘 있어!」에서 내게 계속 잔상을 남기는 것은 아무것도 없었던, 빈 엘리베이터 안의 그 무엇이다. 그것이 무얼까? 그게 뭐든 아저씨도 일단 '안녕' 하고 인사해보라는 말이 들린다. 이왕이면 손까지 흔들며 인사하면 더 좋겠다. 만나는 것이든 헤어지는 것이든 처음 보는 것처럼 반갑게. 혹은 아쉽게. 누가 시키지 않더라도.

아무도
길을 가르쳐주지 않는다

어떤 것이
잘 사는 삶일까?
어떻게 살아야
잘 사는 삶이라고
할 수 있을까?

추운 저녁 골목에서 길을 못 찾아 지나가던
사람에게 물었지. "이 길로 가면 어디가 됩니까?"
그 사람은 "네!" 대답하고 그냥 가더라.

이승훈, 「내가 그대 주머니 속에 있다」 전문

(시집 『화두』, 책만드는집, 2010)

　　과거를 얘기할까 하다가 지금을 얘기하려고 이 시
를 택했다. 짧은 시다. 몇 줄 안 되는 이 시는 한 시인의 대
표작도 아니고 대중적으로 많이 알려진 작품도 아니다.
어찌 보면 평범하다 할 수 있는 이 짧은 시를 택한 이유 역
시 거창한 데 있지 않다. 잘 모르겠기 때문이다. 무엇을
잘 모르겠는가? 이것을 물어본다면 그 역시도 잘 모르겠
다는 답변뿐 달리 덧붙일 말이 떠오르지 않는다. 잘 모르
겠다. 잘 모르겠다. 이런 말만 되풀이하면서 하루가 간다.
이틀이 가고 사흘째 되는 날이라고 해서 뾰족한 수가 나
올 것 같지는 않다. 몇 달째인지 몇 년째인지도 모르게 점
점 더 모르겠는 상태로 하루가 간다. 이틀이 간다. 매일매
일이 가고 있다. 꾸준히 가고 있다. 꾸준히 잊어야 할 날들
이 쌓이면서 다시 묻는 날이 온다. 그럼 아는 것이 무어냐?
　　아는 것이야 있겠지. 잘 아는 것도 있겠지. 아주 잘
아는 것도 있어서 제법 전문가 소리를 듣는 구석도 없지
는 않겠지. 하지만 한 번 아는 것이 영원히 아는 것은 아닐

것이다. 제법 전문가답게 알고 있는 것도 영원히 그 가치와 효용성을 인정받는 것은 아닐 것이다. 앎에는 시효가 있다. 오늘의 앎이 내일의 앎까지 이어진다고 확신할 수 있는 근거. 어디에도 없다. 오늘의 앎이 내일까지도 유효할 거라는 예감. 틀려도 이제는 할 말이 없다. 앎은 아무리 길어도 한때의 앎이다. 한때가 아니면 한 시절이나 한 시대라고 해두자. 그 이상을 기대하고 고집을 부리면 꼰대 소리나 듣기 십상이다. 그 이상을 더는 기대할 수 없는 데서 시절은 바뀐다. 시대는 다른 시대로 넘어간다.

시대가 바뀌었다. 시절이 지나버렸다. 지난 일이 년의 시간을 지나면서 부쩍 늙어버린 한 사람을 돌이켜 보기도 전에 시절부터 확 바뀌었음을 절감한다. 멀리까지 얘기할 필요 없이 우선은 시단의 환경이 바뀌었다. 세대가 바뀌었고 그래서 새로운 구세대 하나가 등장했고 본의 아니게 새로운 구세대에 속한 한 사람의 발언은 그래서 맥없이 흔들리고 자신감이 없다. 털 빠진 개처럼 한 시절을 맞이하면서 그가 하는 발언은 사실상 개가 짖는 것과 다르지 않다.

얼마 전까지만 해도 그는 영원히 쓸 줄 알았다. 다른 것은 몰라도 쓰는 일만큼은 죽을 때까지 지속될 줄 알았다. 그 또한 엄청난 욕심이자 상당한 운이 따라줘야 가능한 바람이라는 사실을 미처 몰랐다. 정말로 몰랐으니 이렇게도 대책 없이 모르는 상태를 맞이하고 있는 건지도. 정말로 몰랐으니 누구라도 붙잡고 물어보고 싶은 심정이 굴뚝같지만, 정말로 문제는 그걸 물어볼 만한 곳이 마땅치 않다는 사실. 누구를 찾아가서 물어야 하나? 어디를 찾아가서 대책 없이 모르겠는 이 상태를 의논해야 하나?

그러고 보니 묻고 싶은 것이 한둘이 아닌 것 같다. 한둘이었다면 이 정도로 혼란스럽고 어수선하고 너저분하게 맥 빠지는 상태는 아니었을 테니. 하나부터 열까지 다 문제라고 생각되는 지점에서도 한 가지만 말하자. 앎도 앎이지만 삶이 문제다. 어떻게 살아야 할까? 어떻게 살아야 잘 사는 것이라고 할 수 있을까? 이건 시의 문제이기도 하다. 시는 앎의 문제이면서 삶의 문제이기도 하니까. 앎과 삶이 한 몸처럼 돌아가는 시가 갈수록 흔들리는 이유도 그래서 앎이 아니면 삶에서 찾아져야 할 것이다. 삶을 모르겠다. 어떤 삶이 어떻게 꾸려져야 하는지를 새삼 모르겠는 상태로 중년을 지나간다. 몇 년 전 국민건강보험공단에서 알려준 '생애 전환기'라는 말이 딱 어울리는 시기. 이 시기를 슬기롭게 지나는 방법. 지혜롭게 넘어가는 방법. 현명하게 대처하는 방법. 그걸 누가 가르쳐주겠는가?

답은 나와 있다. 아무도 없다. 심각하게도 없다. 어

쩌면 그 점이 가장 큰 문제다. 사람이 없다는 것. 길을 가르쳐주거나 길에 대해 함께 고민할 사람이 없다는 것. 그것이 가장 큰 문제라면 사람부터 만들면 되지 않을까? 맞는 말이지만, 그 또한 이미 늦어버린 것이 아닐까? 길이 단번에 보이지 않는 것처럼 사람은 하루아침에 만들어지지 않는다. 아주 긴 시간을 두고 아주 많은 일을 함께하면서 만들어진다. 사람은 시간을 들여야 만들어진다. 절친이든 우군이든 누군가의 사람은 그 누군가의 시간이 들어가야 만들어진다. 그러니 이제부터라도 시간을 들이자 각오하면서 사람을 만나고 시간을 만들고 분주히 약속도 정하지만, 사람을 만드는 사람 역시 금방 만들어지는 것은 아닌가 보다. 사람을 만나면서 쉽게 지치는 성격은 누구를 만나서도 힘을 얻지를 못한다. 힘을 주지도 못한다. 껍데기로 만나서 껍데기를 주고받는 시간만 늘어날 뿐이다. 그러니 사람이 없을 수밖에. 고민을 나눌, 조언을 구할, 도움을 주고받을 사람이 드물고 드물 수밖에. 마치 저 시에서처럼 어쩌다 길을 물어도 건성으로 대답하거나 자기 입장에서 대답하는 사람이 대부분일 수밖에.

그는 궁금하지만 질문을 거둔다. 그는 다급하지만 손길도 거둔다. 도움을 바라는 손길. 조언을 구하는 손길. 함께 가줬으면 하는 손길. 그는 형편없지만 더 형편없는 신세가 될까 봐 거둔다. 자신이 뻗을 수 있는 모든 발길

을 거두면서 걷는다. 물어볼 사람이 없기 때문에 마치 길
도 없는 것처럼 걷는다. 길도 없이, 방향도 없이, 더구나
사람도 없이 얼마나 갈 수 있을까? 그는 매번 낯선 동네를
걷는 것처럼 불안하고 외롭다. 힘이 빠지고 제자리걸음
이다. 시간만 바꿔 끼고 있는 걸음걸이를 그가 얼마나 지
속할 수 있을까? 이 또한 누가 대신 답변해줄 수 있는 질
문이 아니다. 온전히 걷는 자에게 맡겨진 질문이자 답변.
아무도 답변해주지 않고 아무도 가르쳐주지 않는 곳에서
남는 것은 식상하게도 길이다. 냉정하게도 길이다. 참담
하게도 길이다. 어떤 식으로든 길이다.

　　평생 '자아 찾기'를 경주해온 한 시인이 만년에 이
르러 도달한 시 세계도 그래서 여전히 헤매는 여정으로
채워지고 있다. 저 시에서처럼 다 알 것 같다가도 다시 모
르겠는 길이 들어가서 시를 만들고 있다. 아니 흘리고 있
다. 슬쩍 흘리듯이 남기는 말이 시가 되고 있는 광경이 저
시의 당사자가 도달한 만년의 언어 풍경이자 세계다. 그
것은 단적으로 말해 시인 것도 없고 시가 아닌 것도 없는
세계. 달리 말하면 자아가 있는 것도 아니고 없는 것도 아
닌 세계. 시인의 말마따나 '자아 불이不二'의 세계. 자아가
그렇다면 대상 역시 있는 것도 없는 것도 아닌 세계. '아공
법공我空 法空'의 세계이자 '구공俱空'의 세계. 의미도 문체도
딱히 지향하지 않는, 말 그대로 '백색의 글쓰기'이자 '영

도의 시 쓰기'를 향해 가는 도중에 나오는 짧은 토막글로 이루어진 세계. 시가 아니어도 상관없고 문학이 아니 되어도 좋은 상태의 토막글이 쌓이고 모여서, 다시 시라고 불러도 좋고 문학이라고 해도 별문제 없는 말의 풍경을 보여준다. 그것이 이승훈의 만년작이 이루는 시 세계다.

관점에 따라서는 저러한 시풍이 너무 늘어지는 언어처럼 보여서 불만일 수도 있겠다. 시라면 마땅히 가져야 할 긴장이 떨어진다고 비판할 수도 있겠다. 언뜻 긴장이 떨어지고 말이 늘어지는 것처럼 보이는 저러한 시풍에서도 그러나 모종의 긴장과 탄력을 느끼는 이들도 분명히 있을 것이다. 마치 긴장이 있는 것도 없는 것도 아닌 상태. 마찬가지로 탄력이 있는 것도 없는 것도 아닌 묘한 상태를 비집고 나오는 말은 그래서 시인 것도 없고 시가 아닌 것도 없다는 시인 자신의 시론을 충실히 체현한 사례로 읽힌다. 실제로 저 시를 비롯하여 이승훈 시인의 만년작 상당수가 일상의 단면을 무 토막 자르듯이 잘라서 턱 하니 보여주는데, 또 그것의 상당수가 인생의 한 장면, 때로는 결정적인 한 장면으로 읽히기도 한다. 일상의 단면과 일생의 장면이 겹치는 순간은 어쩌면 모든 시가 담아내고 싶은 순간이기도 할 것이다. 이승훈의 시는 그러한 시적 부담을 멀찍이 밀어내는 방식으로 시적인 순간을 뽑아낸다. 말하자면 가장 멀리 시를 두는 방식으로 시가 되는 방식. 그리하여 그의 시는 매 편이 일상시이면서 인생시다. 만년에 나온 시집 제목 중 하나가 『인생』인 것도, 또 다른 시집의 제목이 일상의 소품에 불과한 『비누』인 것도 그와 무관치 않으리라.

　　일상이면서 인생이 되는 장면으로 꿈틀거리는 그의 시는 당연하게도 시인 것과 시가 아닌 것의 경계에 무관심하다. 그의 언어는 우리가 익히 알고 있는 시의 영역에는 지극히 무심한 자세로 시를 구한다. 아니, 시가 아닌 것을 구한다. 아니, 시가 아닌 것을 구하면서 시를 구한다. 만년에 나온 그의 또 다른 시집이기도 한 『이것은 시가 아니다』 역시 시가 아니라고 말하면서 시가 되어가는 지경을 새삼 증명하는 사례다. 물론 이러한 역설이 가능한 근거는 시인 것도 시가 아닌 것도 따로 없다는 그의 시론에서 찾아져야 할 것이다. 시인 것과 시 아닌 것. 이항 대립하는 양자의 경계를 허물면서 결과적으로 기존 영역의 경계를 넓히는 작업은 비단 시에만 한정되는 일이 아닐 것이다. 자아에도 대상에도 혹은 다른 무엇에도 충분히 해당될 수 있는 일이라면, 몇 년에 걸쳐 지속적으로 모르겠는 상태에 빠져 있는 나에게도 모종의 힌트가 될 수 있을까?

　　가령, 이 삶이 어떻게 살아져야 잘 사는 것인지 모르겠다는 것은 한편으로 잘 사는 삶에 대한 어떤 판단이

전제된 생각은 아닌지, 그래서 잘 사는 삶이 아니 된 데서 오는 자괴감이나 혼돈은 아닌지, 그런 질문을 새삼 해보는 것이다. 그렇다면 남는 것은 내가 은연중에 판단 내리고 있던 잘 사는 삶의 꼴을 의심해보는 일이다. 어쩌면 그것은 내가 판단 내리기 이전에 타인으로부터 사회로부터 학습받은 잘 사는 삶의 꼴일지도 모른다. 마치 내가 아는 시의 영역이 내가 판단 내리기 전에 다른 사람들이 암묵적으로 인정해놓은 시의 영역일 가능성이 높은 것처럼. 그렇다면 다시 남는 것은 잘 사는 삶에 대한 나의 온전한 판단이다. 어떤 것이 잘 사는 삶일까? 어떻게 살아야 잘 사는 삶이라고 할 수 있을까? 물론 손쉬운 답변은 있다. 바로 나답게 사는 길. 내가 나답게 삶을 꾸려가는 길. 그럼 나답게 사는 길은 또 무엇인가? 그 전에 먼저 나다운 것은 무엇이며, 나라는 것은 또 뭐라고 할 수 있을까? 나라는 대상이자 주체 역시 한도 끝도 없는 질문과 답변과 회의와 확신과 번복의 연속으로 얘기될 수밖에 없다는 건 진작에 알고 있는 사실 아닌가.

한 시인이 일생에 걸쳐 경주해온 '자아 찾기'가 종내는 '자아 불이'의 상태로 귀결될 수밖에 없는 이유와도 맞물리는 저 지점에서 나는 다시 모르겠다, 모르겠다를 연발한다. 여전히 모르겠는 와중에도 한 가지만큼은 모르도록 내버려둘 수 없는 질문이 있다. 어찌 살아야 할까?

사실상 '어찌 써야 할까?'와도 집요하게 붙어 있는 저 질문 앞에서 나의 생각은 멈춘다. 나의 걸음도 다시 멈춘다. 일하러 가야 한다. 해야 할 일들이 오늘도 있고 내일도 있다. 먹고살기 위한 일. 잘 사는 건지는 모르겠으나 살기 위해서 해야 하는 일. 이런 일들이 산더미처럼 쌓여 있는 것을 감사하게 생각하면서 일단은 일한다. 일하러 가야 한다. 언제까지 감사할지 모르겠으나 그리 오래가지는 않을 것 같다. 한계를 눈앞에 두고서 한가롭게 시 한 편을 더 인용한다. 자아도 없고 대상도 없고 시도 없다는 시인의 시. 한계를 눈앞에 두고서 나 역시 '이름'을 부를 때까지 기다리고 있다. 아무도 대답하지 않는 곳에서.

　　"3호 법정이 어딥니까?" 본관 앞에서 경찰에게
　　묻는다. "이 건물 뒤로 돌아가시면 끝에 철문이
　　있습니다. 거기가 3호 법정입니다." 흐린 여름
　　오후 가방 들고 건물 뒤로 간다. 철문이 나온다.
　　개정 중이라고 되어 있다. 철문을 열고 들어간다.
　　"원고는 2백만 원을 피고에게 주었다고
　　하는데 증인이 있습니까?" 젊은 판사가
　　묻는다. "네 증인이 있습니다." "누굽니까?"
　　"김아무개입니다." "그를 증인으로 세울까요?"
　　"그런데 그는 죽었습니다." 원고와 피고는 나이

든 주부들 곗돈 관계로 재판을 한다.

이번엔 공사장 노동자들. 판사가 원고에게

묻는다. "그럼 그때 계약서를 쓰셨습니까?"

"아니요. 구두 계약입니다." "그럼 피고는

원고와 구두로 계약한 사실이 있습니까?" "전혀

없습니다." "그럼 원고와 피고 두 분이 화해를

하세요. 화해 의향 있으십니까?" 피고: 없습니다.

판사가 원고에게: 그러니까 계약을 할 때는

계약서를 쓰셔야죠. 원고가 불리해요.

난 서울에서 고향까지 내려가 법정에 앉아 있다.

죽은 아우 빚 때문이다. 이름을 부를 때까지

기다려야 한다.

이승훈, 「시는 없다」 전문 (시집 『화두』, 책만드는집, 2010)

한국 시의 풍토에서
가장 예외적인 존재

시의 힘은
오로지 그 고립에 있다.
나를 시인으로 길러준
정신의 변방에 감사한다.

　　　내가 허만하 선생님을 언제 처음 뵈었는지 기억을
더듬어본다. 1998년 12월 말경, 한 해가 다 저물어가는 어
느 겨울 저녁으로 기억한다. 장소는 부산 중앙동 동광초
등학교 맞은편 길가에 있던 어느 카페였다. 그해 《시와사
상》겨울호에 시를 발표하며 등단한 나는 데뷔한 지 한 달
도 안 된 신인이었고, 선생님은 당시에도 이미 시력 40년
을 훌쩍 넘어가는 원로 시인이셨다. 그러니까 이제 갓 시
단에 나온 20대의 풋내기 시인을 40년 넘게 시단에 몸담
아온 원로 시인께서 친히 만나러 나오신 것이다.

　　　지금 생각해보면 참으로 드물고 귀한 장면이기도
한 이 만남이 온전히 선생님의 뜻에 의한 것이었는지 아
니면 그날 동석했던 《시와사상》 발행인이기도 한 정영태
시인의 주선으로 이루어진 것이었는지는 오래전의 일이
라 기억이 흐릿하다. 그럼에도 한 가지 선명하게 남아 있
는 인상이 있다. 바로 선생님의 그 호기심 가득한 눈빛이
다. 칠순을 바라보는 연세였음에도 눈빛 하나만큼은 막
세상을 익히기 시작한 소년처럼 초롱초롱하게 빛나던 것
이 유독 기억에 남는다. 일평생 명징하게 사유하는 자세
와 낯선 것에 대한 호기심을 키워오지 않고서는 나올 수
없는 눈빛이라는 생각을 절로 했던 것 같다.

　　　그런 눈빛의 소유자답게 선생님은 초면인 나에게,
공대생이 어떤 계기로 시를 쓰게 되었는지, 어떤 시인을

좋아하며 무슨 책을 탐독했는지, 최근에 관심을 두는 것은 무엇인지 등등 세세한 것까지 관심을 두고서 질문을 하셨다. 문학뿐만 아니라 인접 예술이나 철학에 대해서도 꽤 진지한 질문을 던지셨던 것으로 기억한다. 공대생의 신분으로 그저 시가 좋아서 시단 말석에 이제 막 한 발을 걸친 시인이 문학에 대해서, 미학이나 철학에 대해서, 혹은 시단에 대해서 아는 것이 얼마나 되겠는가. 질문과 답변이 거듭될수록 나의 밑천이 훤히 드러나는 듯해서 한없이 부끄러워지는 시간이었지만, 그럼에도 이상하게 기가 죽지는 않았던 것 같다. 오히려 나의 용기를 북돋아 주는 만남이고 대화였다는 사실은 머지않아 알게 된다.

시인이든 소설가든 비평가든 상관없이 데뷔 후에 내가 만났던 선배 문인 중에서 어떤 분들은 중앙지 신춘문예를 통해서 재등단하라는 말을 자주 꺼내었다. 지방지 출신으로는 아무리 용을 써봐야 좋은 시인으로 자리매김할 수 없다는 판단에서 나온 충고이자 조언이었을 게다. 나를 아끼는 마음에서 나온 조언이라지만, 그런 말은 결과적으로 사람의 기를 꺾는 말이었다. 새로 태어나지 않고서는 극복할 수 없는 신분제라도 되는 양 등단 지면의 한계를 규정짓는 말에 은근히 상처를 받았던 것도 사실이다.

허만하 시인은 달랐다. 출신지가 가지는 위상이나

한계 같은 것에는 별 관심을 두지 않으셨다. 앞으로 어떤 시를 쓸 것이며, 어떤 사유를 다지면서 시 세계를 개척해 갈지에 대해서만 관심을 두고서 상대의 의견을 듣거나 자신의 의견을 개진하는 분이었다. 시력 40여 년의 세월 동안 지방에 적을 두고 활동해온 시인으로서 느꼈을 소외감과 설움이 허만하 시인이라고 해서 왜 없었겠는가. 어쩌면 뼛속까지 녹아 있을 지방 시인으로서의 울분과 고립감을 그러나 허만하 시인은 자신의 시 세계를 더 고집스럽게 밀고 나가는 연료로 태웠으면 태웠지, 중앙 대 지방이라는 이분법적인 차별 의식을 내면화하는 길에 낭비하지는 않으셨다. 그러니 이제 막 지방지로 등단한 어린 시인 앞에서 재등단이라는 말을 꺼낼 필요도 없었으리라. 만약 선생님에게 차별 의식을 내면화한 편견이 조금이라도 녹아 있었다면 그날의 그 만남 자체도 없었을 것이다.

　　선생님은 지역과 나이를 막론하고 새로운 시인의 등장에, 그리고 새로운 시의 출현에 관심이 많으셨다. 그날 중앙동에서의 첫 만남 때에도 선생님은 당시 부산에서 새롭게 등장한 젊은 시인들(김참, 이찬, 최갑수, 손택수)에 대해 비상한 관심을 보이셨던 것으로 기억한다. 특히 김참 시인의 환상시에 대해 지대한 관심을 보이셨는데, 보르헤스적 상상력으로 김참 시의 핵심을 짚어주던 말씀이 지금도 기억이 난다. 이듬해에는 서울에서 활동 중이던, 당시까지 무명에 가까웠던 정재학 시인의 시가 눈에 띄었는지 자주 그의 시에 대해 의견을 피력하시곤 했다. 관심은 관심으로 그치지 않고 깊은 안목을 동반한 애정으로 이어졌다. 정재학 시인의 첫 시집 『어머니가 촛불로 밥을 지으신다』(민음사, 2004)에 들어 있는 추천사가 그 사례다. 원고지 이삼 매 분량의 추천사가 무어 그리 대단한 애정의 표현일까 싶지만, 어지간한 시집에는 추천사 쓰는 걸 극히 꺼리는 선생님의 엄정한 성격을 고려하면, 흔쾌히 추천사 쓰는 일에 나서겠다고 하신 것 자체가 이례적인 일이다.

"정재학의 시는 언제나 내 감수성의 손바닥을 먼저 빠져나간 저쪽에서 손짓하는 묘미를 가지고 있다."로 시작하는 추천사의 첫 대목은 한 젊은 시인의 참신한 시세계를 적시하는 대목이면서 동시에 허만하 시인의 시가 우리 시단에서 지니는 독특한 위상을 짚을 때도 그대로 적용 가능한 문장이다. 2002년 출간된 『사색사화집』(현대문학)에서 김춘수 시인이 한국 현대시사에서 기억할 만한 시인들의 시 세계를 네 가지 계열로 나눌 때, 전통서정시의 계열, 피지컬한 시의 계열, 메시지가 노출된 시의 계열, 실험성이 강한 시의 계열 어디에도 속하지 않는 '번외'의 시로 허만하 시인의 시를 꼽은 점이나, 가장 최근에

나온 시집 『언어 이전의 별빛』(솔, 2018) 해설에서 유성
호 평론가가 "허만하 선생의 시는 우리 시단에서 첨예하
게 외따로운 음역音域이다. 선생의 시는 우리 시단의 주류
인 서정, 참여, 실험의 어떤 영역에도 귀속되지 않는 언어
적 자의식으로 충일하다."라고 소개한 점 모두 우리가 익
히 알고 있는 시적 영역의 바깥에서 시 세계를 구축해온
시인으로서의 위상을 적실하게 짚어준다. 통념적으로 나
뉘는 시적 영토의 어디에도 속하지 않는 시, 어느 분류에
서도 예외가 되는 것을 주저하지 않는 시, 그것이 또한 허
만하 시인의 시적 지향을 이루는 한 단면일 것이다.

　　한국 시의 풍토에서 가장 예외적인 존재라고 해도
과언이 아닐 선생님의 시는 기존 시단의 시류와 한참이
나 거리를 둔다는 점에서 변방의 시학이자 고립의 시학
으로 되받을 수 있다. "시의 힘은 오로지 그 고립에 있다.
나를 시인으로 길러준 정신의 변방에 감사한다."(『언어
이전의 별빛』 머리말)에서도 강하게 묻어나는 고립의 정
신이자 변방의 정신은 그러나 독불장군식으로 자족하며
세계와 담을 쌓는 시의 정신과는 거리가 멀다. 선생님은
시에서도 산문에서도 그리고 생활에서도 끊임없이 바깥
을 살핀다. 끊임없는 호기심으로 언어의 바깥과 인식의
바깥과 세계의 바깥을 살핀다고 해도 좋겠다. 고정관념
으로 점철된 현실 세계의 논리를 벗어나고자 하는 정신

은 단순히 고립을 넘어 끊임없는 미지와의 교류를 전제로 밀고 나가는 정신이며, 거기서 새삼 주목해야 할 단어가 있으니 바로 '야생'이다.

허만하 시인에게 야생은 거칠고 무섭기만 한 곳이 아니다. 이제껏 다져왔던 인식의 범위 바깥에서 희미하게 손짓하는 그 무엇의 세계. 그곳이 야생이라면 새로운 시적, 미학적, 철학적, 사상적 징후에 해당하는 모든 것이 또한 야생의 영토를 이룬다. 우리 인식의 한계를 짚으면서 도약하는 온갖 사유가 기존 질서의 울타리를 뛰어넘듯이 넘어가는 곳에 야생의 영토가 있다고도 하겠다. 먼 곳의 불빛처럼 희미하게 빛나는 곳, 기존의 언어와 인식과 세계를 거부하는 몸부림 없이는 가 닿을 수도 내다볼 수도 없는 곳, 어쩌면 도착이나 조망 이전에 존재의 유무조차 불확실한 그곳을 향한 사유의 여정이 단 몇 줄의 간단한 궤적으로 정리되기는 힘들 것이다.

실제로 허만하 시인의 사유가 촉수를 뻗는 곳은 첨단에 있는 서구의 지성에서부터 지금은 소멸하고 없는 황룡사 쓸쓸한 절터에 이르기까지 방대한 영역에 걸쳐 있다. 영역마다 쌓아온 식견 또한 어지간한 전공자들 이상으로 깊다. 그러다 보니 엉뚱한 곳에서 애를 먹는 경우가 발생한다. 바로 선생님의 원고를(특히 산문 원고를) 편집할 때 발생한다. 이건 내가 《시와사상》에서 편집 일

을 맡아서 할 때 선생님의 연재 시론을 편집하면서 자주
겪었던 일이기도 하다. 같은 분량의 다른 산문에 비해 곱
절로 품이 많이 들어가는 것이 선생님의 원고였는데, 그
도 그럴 것이 웬만한 번역서 작업만큼이나 난도가 높은
편집 작업이 필요했기 때문이다. 동서고금에 걸친 넓고
도 깊은 식견이 영어, 일어, 불어, 독어로 된 원서를 마음
만 먹으면 언제든지 읽고 번역할 수 있는 외국어 실력과
만나서 탄생하는 산문 앞에서 교정 작업만 겨우 할 줄 아
는 이의 안목은 초라해질 수밖에 없다. 그만큼 고생스러
운 편집 작업을 각오해야 하는 곳에 선생님의 산문 원고
가 매 계절 기다리고 있었다. 덕분에 부족했던 나의 문학
적 소양을 원 없이 닦을 수 있게 해준 것도 허만하 선생님
의 원고였다. 더불어서 내 인식의 한계를 넓히고 내 시적
사유의 변방을 더듬어볼 수 있는 계기가 되어준 것도 부
정할 수 없는 사실이다.

　　정신의 변방에서 익숙한 것과 결별하는 궤적과 낯
선 것과 새로 사귀는 궤적을 동시에 보여주는 허만하 시
인의 시는 끊임없이 바깥을 향한 운동을 보이는 것 같지
만, 한편으로 존재의 근원이자 시원始原을 향한 끝없는 회
귀 운동의 양상을 보인다. 가장 먼 곳에서 가장 근원적인
것을 구하는 이 정신의 운동에서 변방의 정신과 야생의
정신과 시원을 향한 정신은 자연스럽게 한 몸으로 섞인

다. 그러한 정신의 운동과 사유의 궤적을 한데 담은 말이 가장 최근 시집이자 일곱 번째 시집의 제목인 '언어 이전의 별빛'이 아닐까 싶다. 저 제목과 관련하여 어느 지면에서 내게 들려주신 선생님의 몇 마디를 옮겨본다.

> "아주 늦게, 가장 늦게 나타나는 것은 어떤
> 시원에 다시 접근하여, 오히려 시원보다 이전에
> 시작보다도 더 빨리 시원에 회귀하는"(하이데거)
> 수가 있는 그런 곳에 최초의 별빛 이전의
> 별빛이 비추는 풍경을 보아야 한다는 당위를
> 깨달았습니다.(햇빛은 나한테 너무 강렬하고
> 산문적입니다.) 세계는 풍경으로 말합니다.
> 나는 그 깨끗하고 여린 별빛에 익사하듯 젖어야
> 한다고 생각했습니다. 시는 말할 수 없는 초월을
> 말하는 의무라는 사명감에 붙들려 있었지요.
> 따라서 『언어 이전의 별빛』은 심미적, 그리고
> 다분히 이론적 원리에 입각한 제목으로 나에게는
> 자연스러웠습니다. 현대 사상의 기본적 성격은
> 그것이 언어에 대한 사상이란 점에 있다는
> 인식도 나의 시와 시론과 무관할 수 없었습니다.
> 지금도 그 언어의 계절을 벗어나지 못하고
> 있습니다.

허만하·김언, 대담 「언어 이전의 시원을 찾아서」 중에서

《현대시》 2018년 9월호)

　　시집 제목에 들어 있는 '별빛'은 "시간 이전의 별빛처럼 최초의 표현을 위하여"(「시간 이전의 별빛처럼」)라는 구절에서 짐작이 가듯, 그 자체 시원始原의 의미를 담고 있다. 언어 이전, 그러니까 인간의 언어 이전에 놓이는 저 시원을 향한 지난한 여정에서 시인에게 필수적인 동반자는 아이러니하게도 다시 언어다. 언어 이전의 세계를 지향하면서도 언어를 버릴 수 없는 이와 같은 숙명이, 시인을 "언어가 타고난 근원적인 고난을 깨닫고 사랑하는 사람"(『언어 이전의 별빛』 머리말)으로 만드는 것인지도 모르겠다. "현대 사상의 기본적 성격은 그것이 언어에 대한 사상"인 것과 마찬가지로, 존재에 대한 근원적인 질문을 동반하는 시라면 마땅히 봉착하게 되는 것이 언어의 문제일 것이다.

　　"언어가 타고난 근원적인 고난"은 그대로 언어를 타고난 인간 존재의 본질적인 고난이기에, 이 고난을 회피하거나 외면하지 않고 바로 보는 순간이, 바로 보면서 사랑하는 순간이 곧 한 명의 시인이 탄생하는 순간이라는 걸 허만하 시인의 시와 시론을 접하면서 매번 다시 깨닫는다. 그 고난의 시간을 한평생 자진해서 관통해온 시

인을 존경하지 않는다면 시 쓰는 입장에서 또 누구를 존경해야 할 것인가. 답이 이미 정해져 있는 질문 앞에서 회고록을 가장한 두서없는 이 인상기도 잠깐 걸음을 멈춘다. 기다리고 있는 것은 다시 사유의 시간일 것이다. 언어에 대해서, 세계에 대해서, 그리고 시원을 감춘 채 간신히 존재하고 있는 눈앞의 사물 하나하나에 대해서.

그 의자와도 같은 마음을
다시 생각하며

나는 기꺼이 그 의자에 앉아
또 누군가를 기다릴 것이다.

　　2005년 초여름 종로에 있는 어느 호프집이었던 것으로 기억한다. 그해 봄인가 '천년의 몽상(천몽)' 동인에 가입하고 처음으로 참석한 자리였을 것이다. 그 자리에서 지면으로만 얼굴을 익혀오던 많은 시인을 직접 볼 수 있었는데, 배영옥 시인도 그때 처음 만났던 것 같다. 1999년 천몽 동인이 결성될 때부터 참여해온 배영옥 시인의 첫인상은 조용하고 단정한 편이었다. 동인 모임이니 대체로 편한 사람들만 같이한 자리일 텐데도, 꽤 아껴서 말을 하는 사람이라는 생각이 먼저 들었다. 그렇다고 불편하거나 답답하다는 느낌은 들지 않았다. 기본적으로 엷은 미소를 표정에 간직하고 있는 사람이라서 그랬을 것이다.

　　그리고 간간이 운을 떼는 한두 마디 말에 스며 있는 경북 지방의 사투리 억양도 내심 반가웠던 것 같다. 경상도가 고향인 사람은 금방 알아차리는데, 경남과 경북의 사투리는 억양부터 다르다. 부산이 고향인 나는 경남의 사투리보다 경북의 사투리에서 나오는 억양을 이상하게 더 좋아한다. 전자보다 후자가 조금 더 느린 말투로 들리고 그래서 더 여유가 느껴지는 듯해서다. 꼭 사투리 억양 때문만은 아니겠으나 배영옥 시인에게서는 어디 한군데 쪼들리는 표정이 보이지 않았다. 경상도 사투리로 '짜치는' 표정이 안 보였다는 말이다. 오래 객지 생활을 하다 보면, 더구나 온갖 욕망의 분출구인 시단 생활에 시달리다 보면 자기도 모르게 짜치는 표정이 생기기 마련인데, 배 시인에게선 그런 표정이 안 보였던 까닭이 무엇일까. 아마도 그 사람만의 태생적인 여유에서 비롯된 것이 아닐까 싶다.

조용함과 단정함, 사투리처럼 느리게 배어나오는 여유. 이것이 배영옥 시인의 첫인상인데, 이후 십수 년이 지난 지금도 그 인상은 바뀌지 않은 채 그대로 남아 있다. 그리고 이제는 바뀌려야 바뀔 수 없는 시간으로 넘어갔다. 시간은 되돌릴 수 없는 것이고, 죽음도 돌이킬 수 없는 것이고, 그래서 내내 하나의 인상으로 남아 있는 한 시인에 대한 회고담 역시 어떤 굴곡을 지닌 글이 되기는 힘들 것 같다. 첫인상의 연장으로 조심스럽게 얘기를 덧붙인다.

아마도 내 짐작이 맞다면, 그리고 내가 들었던 얘기까지 종합해서 판단하자면, 배영옥 시인은 주변에 불필요하게 폐 끼치는 걸 몹시도 경계한 사람이었던 것 같다. 단정함을 넘어서 깔끔하게 인간관계를 맺고 싶어 했던 사람인지도 모르겠다. 적어도 담백하게 자신의 삶을 살아내려고 노력했던 사람이라는 생각이 든다. 그래서일까. 여러 사람이 모인 자리에서도 개인적으로 따로 얘기를 나눌 때에도 한 번쯤 아쉽거나 답답한 마음을 털어놓을 법한데도 한 번도 그런 적이 없었다. 가령, 데뷔하고서 12년 만에 첫 시집이 나왔으니, 한정 없이 출간이 늦춰지고 미뤄지고 길어졌던 그 시간을, 보통 사람 같으면 울분을 토하는 것으로도 모자랄 그 긴 시간을 어찌어찌 견디었는지도 모르게, 조용히 시집을 내고 조용히 지인들에게 시집을 보내었던 것으로 기억한다. 말하자면 요란하지 않게 기다리고, 요란하지 않게 움직이고, 요란하지 않게 자기 시의 자존심을 지켜나갔던 것이다. 실제로 배영옥 시인을 떠올리면서 '요란'이나 '수선' 같은 단어를 함께 떠올리는 사람은 아무도 없을 것이다. 그만큼 조용히 속으로 감내하는 사람이었기에 그 내면의 외로움과 고달픔을 더 몰라보았을 수도 있겠다. 멀리 갈 것 없이 나부터 그랬으니까. 요란 떨지 않고 묵묵히 자기 자리를 지키면서 시를 써나갔던 시인으로만 이해하고 있었으니까. 그래서 더 미안한 마음이 크다.

　　담담하게 시집을 내고 담담하게 시집을 보내고 담담하게 축하를 받는 중에도 한 번쯤, 아니 그 전에, 아니 그 이후라도 몇 번은 나왔을 법한 속엣말을 나는 왜 들을 기회가 없었던가. 나 또한 적극적으로 타인에게 다가가지 못하는 성격이라서? 아니면 내 사는 것이 힘들고 짜쳐서? 글쎄다. 어떤 이유를 대더라도 더 살갑게, 더 가깝게 얘기하고 정을 나눌 수 있는 시간은 지나버렸다. 시간을 다 지나고 나서야 사람은 후회한다. 그리고 시간은 기다려주지 않는다. 한번 지나가면 그뿐. 다만 그때 그러지 못했던 마음을 돌이켜서 곱씹는 시간만이 남아서 이렇게 부끄러운 반추의 글을 남기는 것이다.

많은 추억을 쌓아두지 못했음에도 한 시인에 대해서 이렇게라도 회고의 글을 남길 수 있는 것은 결국엔 시인이 남긴 시와 시집 때문이리라. 첫 시집이자 생전의 마지막 시집이 되어버린 『못별이 총총』(실천문학, 2011)말미에 남긴 '시인의 말'을 다시 듣는 것으로 글을 맺는다. 어쩌면 저기 나오는 의자 때문에 이 글을 쓸 수 있는 용기를 내었는지도 모르겠다. 배영옥 시인도 저 의자를 생각하면서 한정 없이 기다리는 시간을 견디고, 그 시간에 지친 마음을 달래고, 그 마음으로 총총히 별을 헤아리듯이 또 시를 썼으리라. 그 마음을 안다면, 그 의자와도 같은 마음을 안다면, 이제라도 만날 누군가의 의자를 외롭게 버려두면 안 된다는 사실을 뼈아프게 받아들이는 밤이다.

아무도 거들떠보지 않는 의자에 앉아 누군가를 애타게 기다린 적이 있다.
머릿결을 스쳐 지나가는 시간을 손꼽아 헤아려본 적이 있다.

기다림이 간절할수록 시간만큼 고통스러운 것이
또 있을까.
세월 지나 그 고통마저 인식하지 못하게 되었을 때
나는 내가 누구를 기다렸는지
왜 기다렸는지조차 잊어버렸지만

훗날 아무도 거들떠보지 않던 그 의자가 만약
사라지지 않고
계속 남아 있어준다면
나는 기꺼이 그 의자에 앉아 또 누군가를 기다릴
것이다.

의자를 외롭게 버려두면 안 된다는 것을 이제야
겨우 알겠다.

2011년 1월
배영옥

이보다 더
고요하게 읽을 수 없는 책을

　　책에서도 폭풍이 이는 것 같았다. 구름이 뒤집어지는 것 같았고 어질어질 눈보라가 휘몰아치는 페이지에서 눈길을 돌리면 창밖이었다. 창밖에는 겨울이 몰아닥치고 있었다. 겨울은 이미 와 있었다. 겨울은 영영 떠나지 않을 짐승 소리를 내면서 집 주위를 떠돌고 있다. 사나운 이빨이라도 드러낸다면 차라리 반갑겠다. 그것은 소리만으로도 충분히 위협적이다. 그것은 소리만으로도 몸을 엎치락뒤치락 뒤바꾼다. 구름이 저렇게 빨리 변할 수는 없다. 폭풍이 저렇게 가까웠던 적도 없다. 파도는 이미 구름을 집어삼킬 듯하다. 구름은 이미 섬을 만들고 있다. 섬은 이미 바다를 덮어버렸다.

　　내가 왜 바다로 오자고 했을까. 내가 왜 바다로 와서 혼자 있자고 했을까. 바깥은 사납고 바다는 내면을 모르는 사람 같다. 내면을 다 비워버린 사람 같다. 내장을 다 드러내고서도 짐승은 한 번 더 내장을 뒤집어 보인다. 어디 더 꺼낼 것이 없는지 손을 집어넣어 봐야 나오는 것은 한 뭉텅이 구름. 건더기도 없는 섬의 시체. 그럼에도 남아 있는 한 사람의 윤곽이 바다를 덮어간다. 지그시 누르고 간다. 안에서 터질 때까지 나는 문밖으로 나가지 않을 작정이다.

　　구름은 구름을 숨기고 나온다. 구름은 구름을 파먹고 나온다. 그래봤자 구름. 그래봤자 날씨. 그래봤자 혹한이 지나가고 있는 섬. 눈보라를 헤치고 내 방은 여기까지 와 있다. 내 방은 어디를 옮겨서도 마찬가지 창문을 보여준다. 내 눈이 어디를 헤매더라도 소리에 반응하듯이 창문은 열려 있어도 바깥이고 닫혀 있어도 바깥이다. 바깥은 어둡다. 안쪽은 더 어둡다. 그래서야 빛이 보이겠는가. 아무것도 보이지 않는 곳에서도 꿈틀거리는 소리가 창문을 만든다. 바깥을 만들고 날씨를 만들고 미친 듯이 폭풍을 만들고 마침내 그쳤다. 나는 다시 책을 펼친다. 이보다 더 고요하게 읽을 수 없는 책을.

오래된 책 읽기

1판 1쇄 펴냄 2023년 12월 28일
1판 3쇄 펴냄 2024년 12월 23일

지은이 김언
펴낸이 손문경
펴낸곳 아침달

편집   서윤후, 송승언, 정채영, 이기리
디자인 한유미, 정유경

출판등록 제2013-000289호
주소 04029 서울시 마포구 양화로7길 83(서교동 480-26) 5층
전화 02-3446-5238
팩스 02-3446-5208
전자우편 achimdalbooks@gmail.com

ISBN 979-11-89467-95-1 03810

본 저서는 2023학년도 추계예술대학교 특별연구비 지원에 따른 것입니다.

책값은 뒤표지에 있습니다.